イノセンス

After The Long Goodbye

TOKUMA Dual

山田正紀

徳間書店

Dual

［徳間デュアル文庫］

MASAKI・YAMADA

DAIGO・SHINMA & KEITA・SAEKI

ILLUSTRATION・新間大悟&佐伯経多

ロバート・アルトマンに捧ぐ

Hello darkness

Split the night

And touched the sound of silence

Neon god they made

Take my arms

INNOCENCE ◇ CONTENTS

プロローグ

おれには家族がいない。友人もいなければ女もいない。相棒だった少佐もいまはもういない。おれにはバセットハウンドのガブリエル（ガブ）しかいない。それなのに夢のなかでは息子がいた。おれは夢のなかの息子が好きだった。ガブや少佐と同じぐらいに好きだった。夢から覚めれば消えてしまう息子のはずなのに。

息子は五、六歳だったろう。五、六歳の子供のような見かけで、五、六歳の子供のような話し方をした。だが、大人にはない深い洞察力を秘めていた。その意味ではガブに似ていた。ガブが口をきければそんな話し方をするにちがいない。

おれは息子と言葉を交わしながら、何度も彼を見て、自分が話しているのがガブではないことを確かめなければならなかった。その度ごとに息子はおれの手を強く握りしめた。おれは息子のことが好きでならなかった。夢のなかにしか存在しない息子のことが――

おれたちは一緒にエレベーターに乗っていた。息子は行き先階の表示ボタンを押したがった。身長が足りないので抱きかかえてやらなければならなかった。息子は笑った。その髪の毛がよく陽に当たったワラのような乾いた匂いがした。夏の匂い。おれはいつどこでそんな匂いを嗅《か》いだのだったろう。そのことをどうしても思い出せずにいた。

エレベーターが降り始める。ケージのなかでかすかに音楽が鳴っていた。トランペットのミュート・プレイ。ストイックに感情を抑えた演奏だった。それなのにむせび泣いているかのように物悲しい。リー・モーガンの『アイム・ア・フール・トゥ・ウォント・ユー』だろうか。エレベーターが動いているあいだ、ずっと鳴っていた。いつもは忘れているのだが、気がついてみると、つねに意識の縁に鳴り響いているのだった。

何かに似ている。そう思ったが何に似ているのかはわからなかった。とりたてて考えることもしなかった。

息子が口を開いた。「パパ」

「なんだい」

「だれかを好きになるのはいけないことなの?」

おれは息子を見た。息子もおれを見ている。一瞬、二人の視線が交叉《こうさ》した。先に目をそらしたのはおれのほうだ。

「どうしてそんなことをいうんだい。だれかを好きになるのがいけないことであるはずがないじゃないか」

「それならどうして」息子は口ごもった。いまにも泣きそうになっているが、泣くのは恥だと思っている。泣くのをこらえている。

「——が薬殺されなければならないのかというのかい」

おれは犬の名を口にしたが、その名が自分でも聞きとれなかった。ガブではなかったと思う。その名がガブでないことにかすかに違和感を覚えた。

息子はうなずいた。「うん」

「――はあまりにおまえのことを好きになりすぎた。そのために その電子脳がカスタマイズされすぎたんだ。犬の電子脳は量産タイプだ。汎機能型なんだ。あまりカスタマイズされすぎると再初期化がきかなくなってしまう。そういう電子脳は寿命がきたら破棄するしかない。そういう決まりなんだよ」

「でも、それは人を好きになってはいけないということじゃないの」

「それとこれとは話が違う」おれは首を振った。「ぜんぜん、べつの話だ」

息子は黙ってうなずいたが、おれの言葉に納得したようではない。その途方にくれた迷子のような表情が気にかかった。息子をこんな表情にしたまま放っておいてはいけない。

息子に向きなおっていった。「パパと一つ約束してくれないか」

「うん」

「――が薬殺されるのはペット用電子脳の使用にそうした決まりが法でかせられているからなんだ。そのことと人を好きになるのがいいか悪いかということとのあいだには論理的に何の関係もない。おまえにはそれをわかって欲しい」

「うん」

「もちろん人を好きになるのが悪いことであるはずがない。パパはそう思う。人は人を好きにならなければならない。人は誰もがそうやって生きていくんだ。わかるかい」

「うん」

「そのこととカスタマイズされすぎた電子脳の犬が薬殺されるのを混同しないで欲しい。それはぜんぜん別の話なんだ。おまえにはそのことをわかって欲しい。わかってくれると約束してくれないか」

「うん」

「わかったかい」

「うん、わかった」

「約束してくれるか」

「約束するよ」

「そうか」おれは息子の手の甲を、二、三度、軽く叩いた。「いい子だ」

息子には理解力がある。人を思いやる気持ちがある。そのことが誇らしかった。おれには自慢の息子なのだ。

そして、しばらく二人して階数表示ランプの点灯が変わっていくのを仰ぎ見ていた。ペットの薬殺センターは地階にある。そこでおれと息子の二人は薬殺される犬に別れを告げることになる。

クローン化を望むのであれば、骨の一片なり、毛の一摑《ひとつか》みなりと受け取ることができるが、おれにも息子にもその気はない。ＤＮＡが同じだからといって、その対象物を同じように愛することができるとはかぎらない。むしろ苦しさを増すことのほうが多い。苦い経験を積み重ねてきて、おれたちの社会はそのことを学習していた。

エレベーターが一階を通過した。おれはエレベーターを降りる心の準備をした。そのとき息子がその手にギュッと力をこめたのだった。パパ、と声をかけてきた。

「何だい」

おれは息子の顔を見た。そして、息子の両目に涙がいっぱい溜《た》まっているのに気がついた。息子は泣き出しそうになるのをけなげに堪《こら》えていた。

「ぼくがパパのことを好きになりすぎても」息子はいった。「どうか、ぼくのことを薬殺しないでね」

おれは何と答えたろう。そもそも答えたかどうかも覚えていない。多分、答えようとしたときにはすでに夢から覚めていたのだろう。夢から覚めれば、それで息子も、おれも消えてしまう。覚えているのは、そのぎりぎり最後まで『アイム・ア・フール・トゥ・ウォント・ユー』がかすかに鳴っていたことだった。

おれはベッドのうえに半身を起こして自分の右手をジッと見つめた。やがて息子の手の感触が消えてしまった。あとには何も残らない。

その後ですこし泣いた。

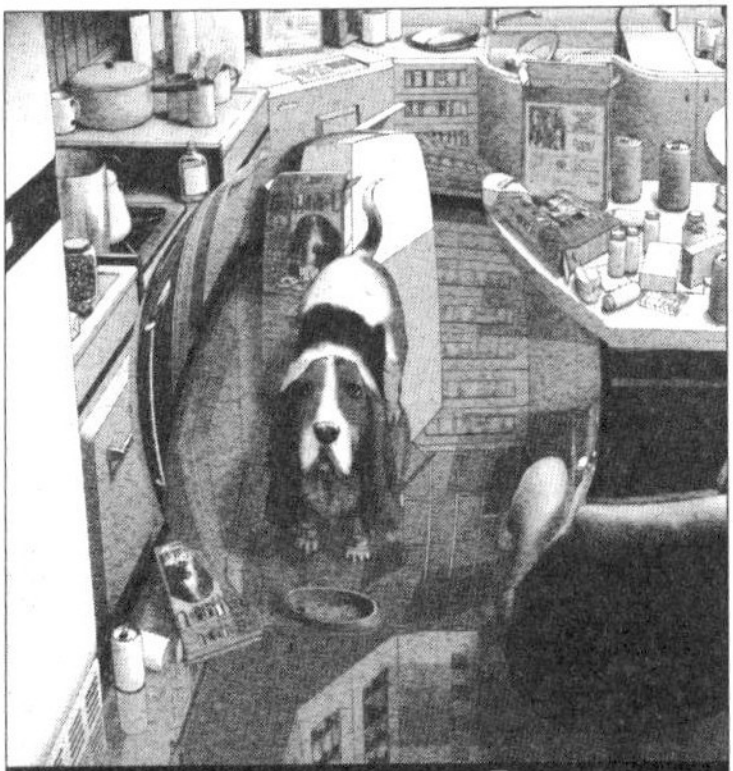

After The Long Goodbye

Chapter 1

ハロー、暗闇

Hello darkness

1

その日は非番で、一日、自室にこもっていた。おれにはやるべきこともなければ行くべきところもない。おまけに朝から冷たい雨が降っていた。外出しなければならない理由は何もなかった。

夜になって外出する理由ができた。ガブのドッグフードが切れたのだ。ガブは性格のいいバセットハウンドでほとんど何も気にかけようとしない。唯一、彼が気にかけるものがあるとしたら、それはドッグフードのブランド名なのだった。

強化体質、増強抵抗力、強護栄養、世界各地養狗専家推薦、不添加防腐剤の『巴吉度』しか食べようとしない。そのほかのドッグフードはどれもこれもお気に召さない。こころみに匂いを嗅ぐか、せいぜい二口、三口食べるだけで、まずは容器のなかにひからびるままにしてしまう。

わがままといえばそのとおりだが、おれはガブはその程度のわがままは許されてしかるべきだと思う。それだけの価値のある犬なのだ。

「待ってろ。いま『巴吉度』を買ってきてやるから」

ガブの尻尾がパタパタと床を叩いた。そのことを確かめてから部屋を出た。地階の駐車場に下りて車を出した。ダウンタウンに向かった。オートドライブにセットした。

街は霧雨にけぶっている。行きかう人がホログラムの影法師のようだ。看板のフラッド・ライトが雨に滲《にじ》んで浮かぶ。白い蛍光灯に、赤いプラズマ・ライト――『金銭友愛』、『香露親善』、『赤色巨大猫公司』、『中山太陽堂』……次から次にフロントガラスに近づいてきてはリア・ウインドウに遠ざかる。夢のようにといえばあまりに陳腐だろうか。

自爆テロで破壊された尖塔ビル（別名、戦闘ビル）の廃墟が近づいてきた。瓦礫《がれき》の山が層をなして延々とつづいていた。巨大なアーク灯が音をたてて青白い火花を散らしていた。路面に光と影が交叉する。尖塔ビルの角を曲がった。

急にパトカーのサイレン音が聞こえてきた。電脳を警察無線に同期させたほうがいいか。一瞬、迷う。が、すぐにサイレン音は遠のいて聞こえなくなってしまう。

ワイパーがガラスをこする音が妙に耳ざわりなものに感じる。

ミューズを起動させた。車内にトランペットの調べがむせび泣いた。リー・モーガンの『アイム・ア・フール・トゥ・ウォント・ユー』だ。ふと何か思い出しそうになった気がした。それが何であるか思い出せないうちに目的のコンビニエンス・ストアに着いた。

音楽が切れた。レザーのジャケットを着ていたが濡れて惜しいようなジャケットではない。駐車場からゆっくりコンビニまで歩いていった。

夜中のコンビニに人の姿はなかった。客ばかりか店員の姿さえない。品揃《しなぞろ》えも悪い。空《あ》いている棚ばかりが目についた。見てくれる人もいないままホログラムやヴィド・スクリーンが店内を漂っている。それが寄る辺のないホームレスの姿を連想させて妙にわびしい。わびしいと感じるのは、たんに情緒に溺《おぼ》れての感傷だけのことではない。サイバー・マーケットに押されて現実のマーケットはどこもさびれる一方なのだ。

ペットフードの棚に行って『巴吉度』を捜した。捜すまでもなかった。ない。『巴吉度』は必ずしも人気商品というわけではない。仕入れるのをやめたのだろうか。それは困る。ガブは『巴吉度』しか食べないのだ。非常に困る。

必ずしも『巴吉度』が人気商品ではない、ということばかりが理由ではないだろう。そもそもこのコンビニの在庫管理そのものに欠陥があるのではないか。

人間の店員の姿を捜した。いない。やむをえずヴィド・スクリーンのプロジェクターを呼びとめることにした。プロジェクターは張り切って、飲むんだったら、ラララ、ペプシ、と歌った。

「違うんだ」おれはいった。「ペットフードの『巴吉度』を捜している。先月まではあったのにいまはどこにもない」

プロジェクターはつまらなそうに、何だ、そうなのか、といい、一瞬、間を置いて、「『巴吉度』は仕入れるのをやめたんだ。いまはああいうフレッシュ・タイプは人気がない。持ちが悪いからな。ドライ・タイプにしたほうがいいんじゃないか。持ちはいいし、栄養価も申し分がない」

「おれのバセットハウンドはドライ・タイプは食べない。フレッシュしか口にしない。なかでも『巴吉度』しか食べない。客の要求するものを提供するのがあんたたちの役目だろうよ」

「バセットハウンドは客じゃない。客は人間だ。人間にはペットにドライ・タイプのドッグフードを食べさせるように勧める。さっきもいったようにドライ・タイプは持ちがよくて経済的だし、栄養的にもバランスがとれている。自分たちがいいと思う商品を客に勧めるのがわれわれの役目さ」

一理ある。しかし人間たるものが（正確にはおれはサイボーグだが）コンビニでプロジェクターに説得されてしまうのではあまりに情けない。おれは果敢に反撃を試みた。

「バセットハウンドにはバセットハウンドなりの好みがある。飼い主はできるだけペットの意に添いたいと思う。そうすることが飼い主の喜びでもあるんだ。あんたも犬とつきあってみればそのことがわかるよ」

「おれはプロジェクターだからね。何があっても犬を飼うようなことはしないよ。だけど仮に、おれが人間としてだ、おれは犬とつきあうか。そうは思わないね。つきあうのなら女とつきあうさ。多分、女とつきあうのに忙しくてペットを飼うどころじゃない。あんたも犬じゃなしに女とつきあったほうがいいんじゃないか」

「同じことさ。女だってやっぱりドライ・タイプよりフレッシュ・タイプのほうを好むに決まっている。味がいいからな。結局はフレッシュ・タイプを捜しにコンビニに足を向けることになる」

　プロジェクターのライト・パネルが慌ただしく点滅した。おれにプロジェクターのボディ・ランゲージがわかるはずはないが、多分、笑ったのではないか。それも哄笑《こうしょう》したのではないかと思う。

「それでおれのようなプロジェクターにやっぱりドライ・タイプを勧められることになるわけか」ライト・パネルを点滅させながらいう。

「多分、そういうことになる」

「やれやれ、人生はままならない」

「ああ」おれはうなずいた。「人生はままならないね」

「飲むんだったら」とプロジェクターがいった。「ペプシ」

　結局はプロジェクターに勧められるままにドライ・タイプのドッグフードを何種類か買って試してみることにした。実際には、試してみるまでもないことだった。ガブがドライ・タイプなんかに口をつけるはずがない。それはわかっていたのだが、ユニークなプロジェクターにいわば敬意を表したのだと思って貰《もら》いたい。

　まだ雨は降りつづいていた。おれは濡れながら駐車場を歩いていった。自分が濡れるのはいっこうにかまわない。レザーのジャケットが濡れるのもかまわない。ドッグフードを入れた紙袋だけは濡らさないように注意した。

「…………」

車に近づいて足をとめた。両目を狭めてじっとそれを見た。

フロントガラスに人影が覆いかぶさるようにしている。それも二人。一人はかなりの大男だ。もちろん百九十センチのおれには劣るが、それでも優に百八十センチは超えていることだろう。

もう一人は小柄な男で、百六十センチ強というところか。小柄な男のほうにはとりたてて特徴はない。大男のかげに隠れるようにひっそりと佇《たたず》んでいて不思議に印象に乏しかった。

その小男が大男にヒソヒソと囁《ささや》いたのが聞こえた。「まだだ、アクセスするな」

何がまだだというのか。何にアクセスするというのか……おれにわかるはずのないことだ。興味もない。おれの興味は、彼らがおれの車に悪さをしてないか、というその一点にかかっている。他のことはどうでもいい。

車のセキュリティ・センサは作動していない。ということは彼らは何も悪さを働いていないということだ。ボロ切れのようなものでしきりにフロントガラスを拭《ふ》いていた。その粗末ななりから彼らがホームレスであろうことは容易に知れた。彼らの横にショッピング・カートがあった。

長身の男のほうが顔をあげ、おれを見て、人なつっこい笑顔を見せた。「やあ、遅かったじゃないか。戻ってこないつもりなんじゃないか、って思っちゃったよ」

忘れもしない。これがおれとアンドウとの初対面なのだった。そして——

これは記憶違いに他ならない。そんなはずはないのだ。つまりは錯覚にすぎないわけなのだが——しかし、錯覚とはわかっていても、アンドウと出会ったときに『サウンド・オブ・サイレンス』がバックに流れていた気がしてならない。『サウンド・オブ・サイレンス』、あるいは『アイム・ア・フール・トゥ・ウォント・ユー』が……おれの頭のどこかにそんな記憶が執拗《しつよう》にこびりついて離れない。

夜、雨、アンドウ、そして夜の底に切なく流れるサイモン&ガーファンクルの歌声、リー・モーガンのトランペットの音色……

2

最初は何でもない出会いだと思った。出会って、話し、別れて、三分もすれば忘れてしまうと思った。たいていの場合はそうだ。だが、そうはならなかった。アンドウは忘れられない相手になった。

たんに情緒的に忘れられない相手になったということではない。そうではないのだ。それから、おれは何度か電脳を初期化されることになったが、アンドウの記憶はつねにバッファ領域に保存されることになった。おれにとってアンドウは物理的に忘れられない相手になったといっていい。

が、それほどの相手でありながら、アンドウとの出会いはきわめて平凡なものだった。その第一声も記憶するに足るものではない。正直、いまだにそれを覚えているのが不思議なほどだった。

「いい夜じゃないか」とアンドウはいったのだ。「そうは思わないか」

思うはずがない。おれはアンドウの顔を見て、ため息をつき、首を振った。「雨が降ってるぜ」

「それでどうしたというのか」

「ああ」

「ああ、そうだな。雨が降っている」アンドウはかすかに笑う。「それで？」

「ふつう雨が降っているのをいい天気とはいわないいんじゃないか」

「いわないかな」

「いわない」おれはうなずいた。「雨が降ってるのをいい天気とはいわない」

「ふつうは」

「ああ、ふつうは」

「そうかな」

「そうさ。それに」

「それに？」

「雨が降る夜に窓を拭いても意味がないんじゃないか」

「それもふつうは、か」

「そういうことだ」おれは短く笑う。「ふつうは」

ポケットからキーを出して車のロックを解除した。そして男に向かって、どいてくれ、という意を込め、あごをしゃくった。

むろん敵意を込めたつもりはない。それどころか、おれはむしろ男に対して好意に近い感情を抱いていた。しかし好意を持っているにせよ、いないにせよ、しょせんは行きずりのその場かぎりの相手だった。何のかかわりもない相手だった。そのはずだったのだが……

男はおれの言葉に素直にしたがった。ショッピング・カートを押して二歩三歩あとずさった。車輪が雨に濡れてするどく光った。なにか心の痛みに似た一瞬の閃光《せんこう》だった。心の痛み、かすかな罪悪感——

おれはあごをしゃくって男を車からどかした。まるで口をきくだけの価値もないとでもいうかのように……多分、ドッグフードの紙包みを座席に入れてから、いくばくかの小銭を渡すことになるだろう。コンビニで一食分の食事をあがなうに足るぐらいの小銭を。車に乗り込んで、走り去り、そして彼のことを忘れてしまう。それでこの男はおれの人生から永遠に消えてしまう。まるで不要なプログラムをPCから削除《デリート》してしまうかのように。

それでいいのか。いいも悪いも人はそのようにして生きていくほかはない。人は誰も出会う人間すべてとかかわりあって生きていくことなどできっこない。ましてや、おれは素子《もとこ》と別れてからというもの、心を閉ざし、誰とも積極的にかかわりあいになるのを避けてきた。いまのおれは誰も好きにならない。好きになれない。好きになるつもりもない。バセットハウンドのガブを除いては。

一瞬の逡巡《しゅんじゅん》があった。が、体は切れめなしに自然に動いていた。車のドアを開け、紙包みを座席に置いた。男に向き直って、ポケットから小銭を摑み出し、それを差し出した。そして、あらためて男の顔を見つめた。

「…………」

男は、おれの手のなかにある硬貨を見つめ、視線をおれの顔に移し、さらに硬貨に戻した。その顔は野外生活にさらされたためか、陽に灼《や》けていかつい。が、頰の線は意外なほど繊細に削《そ》げていた。幼さを感じさせるほどに。そのときになって初めて気がついたのだが、男はまだ非常に若かった。二十代の前半ではないか。若々しい顔にフッと戸惑うような色が浮かんだ。

顔を上げ、再び、おれを見た。そして、静かにいった。「ぼくはアンドウだ」

「…………」

「名前も知らない人間からほどこしを受けるわけにはいかない。そうだろう。だから、ぼくはアンドウだ」

「おれはバトーだ」急いでいった。「バトーという」

「よろしく、バトー」

「ああ、よろしくな、アンドウ」

アンドウは笑う。痛々しいほどに無防備なものを感じさせる笑いだった。おれの手から硬貨を取った。悪びれたところがなかった。いっそ清々《すがすが》しいといっていい。おれの目を正面から見つめていた。

「いまのぼくは運から見放されている。だけど、いつかはつきが戻る。そしたら、あんたにこのお礼がしたい、と思っている。あんたにはそのことを当てにしてもらいたいと思っている」

「当てにしてるさ」おれは笑った。「ほんとうだぜ。当てにしてる」

それでこの夜の見知らぬ男との偶然の邂逅《かいこう》は終わりだった。おれをいい人間だなどと期待しないでもらおうか。遺憾ながら、その期待には添いかねる。ミスター・バトーの善意はそのストックに限りがある。すぐに底をついてしまうのだ。

おれは座席に体を滑り込ませた。車のドアが自動的に閉まった。アンドウを車の外に残して——それでもうアンドウの存在はおれの意識から自動的に排除された。おれがアンドウのことを思い出すことは二度とないはずだった。そのはずだったのだが。

3

ステアリングを握った。それと同時に車のオートドライブ・モードが立ちあがる。おれの電脳がそのプログラムにシンクロした。GPS衛星の連続トラッキング受信モードにシフトした。電子眼の一部にナビゲーション・マップが開いた。ポインターが点滅した。瞬きしてマウスを動かした。マップを適正な位置に移した。

それはすべてステアリングを握ると反射的に行われることだった。人は誰もそれが行われているということさえ意識していない。その意味では息をするのに似ている。自分が息をしているのをあらためて意識する人間はいない。ところがその息が乱れた。かすかに違和感を覚えた。まれにPCを立ちあげるとそれがハッキングされているのを感じることがある。第六感とも何ともいいようのない微妙な感覚なのだが、それと似た違和感があった。

車のナビゲータ双方向システムを介してハッカーが侵入した。おれの電脳がハッキングされている。誰かがおれを覗《のぞ》き込んでいる……そう思った。多分、ウイルスに汚染された。とっさに視覚スクリーンにニューラル・チャートを呼び込もうとした。瞬きしてそれをダウンした。チャートを検索してウイルスの有無を確認しようとした。ウイルスの存在が確認されれば自動的にワクチンが投与される。コンマ数秒、六十パーセントまではどうにかチャートをロードすることができた。が、そこで時間が切れた。一瞬、おれというプログラムがフリーズした。

と同時に車が猛発進した。エンジン音が咆哮《ほうこう》するように噴きあがる。タイヤが路面を削る音が悲鳴のように響きわたる。ブレーキをロックさせようとしたが間にあわなかった。タイヤが火花を噴きあげてナイヤガラのようにフロントガラスになだれ落ちてきた。その炎の滝を突っ切って走った。

とっさに電脳をマルチプロセシングにシフトしてハンドパワードに切り換えようとした。これは、どうかすると人間《フレッシュ》ばかりか、義体《サイボーグ》さえも起こしがちな錯覚なのだが——電脳とシンクロさせたマシンが暴走などしたときに、狼狽《ろうばい》のあまり、つい電脳を強制的にダウンさせてしまうことがある。パワースイッチを強制的にオフにしてしまうわけだ。

状況判断の誤りというほかはない。それも大変な誤りだ。

人間《フレッシュ》が日常、脳の側頭葉＝ワーキングメモリ、および前頭前野＝オペレーティングシステムの働きを意識することはほとんどない。そのため、すべて脳機能に集約されるべきものが心などという曖昧《あいまい》な概念に還元されてしまう。そして、それと逆の意味での誤りがサイボーグにはある。電脳をほとんど自分の脳として意識することなしにノートパッドのように使いこなしてしまうのだ。

そのために手動に切り換えるのにとっさに電脳をダウンさせるような失敗《ミス》が生じてしまう。いうまでもないことだが、フルオートだろうが、マニュアルだろうが、そこには電脳が介在しなければならない。人は金槌《かなづち》を振るうのにも脳の機能を必要とする。義体《サイボーグ》が電脳をダウンさせるのは人間《フレッシュ》が気絶するのと変わりない。

おれは電脳をダウンさせるなどという馬鹿な誤りは犯さない。いくら緊急事態といってもそれほど無様に動転するはずがない。が、結果としては同じことだ。結局、マルチプロセシングは間にあわなかった。おれの電脳はおれから切り離された。電脳をダウンさせたのと何ら変わりない。それと同時にバックアップ・システムが立ちあがった。

義体《サイボーグ》の電脳が人間《フレッシュ》の脳と決定的に異なることがある。電脳には脳内化学伝達物質が分泌されることがない。電脳においては化学伝達物質によって引き起こされる「興奮」「抑圧」に相当する機能はすべて数式で記述されるにすぎない。電脳には脳のような遊びがない。多分、電脳に下位意識もなければ上位意識もない（むろん擬似的なものはあるが）のはそのためなのだろう。

アンドロイドは電気羊の夢を見ない。どんな夢も見ないのだ。

一瞬一瞬に、電脳の結晶構造上に構成されるニューラル・パターンは結局は単純なプログラムに還元される。その相関関係式は平面的なマトリックスに記述される。現実的にも比喩的な意味においても義体《サイボーグ》の意識には高みもなければ深さもないのだ。

したがってどんなことがあっても義体が寝ぼけるなどということはない。もちろん例外はあるだろうが、義体の意識は基本的にオンとオフの二つのパターンしかない。曖昧なグレイゾーンがない。そのことには長所もあれば欠点もある。欠点の最たるものは電脳から切り離されるのと同時に、事実上、義体はそこに存在しないのも同じになってしまうということだ。義体《サイボーグ》が人間《フレッシュ》のように無意識のうちに何かやるということはありえない。そこにいないものが何かをするということはありえない。

要するに義体には火事場の馬鹿力というやつがない。それが緊急事態が発生したときにどんなに危険なことであるかは論を俟《ま》たないだろう。そのために義体が電脳から切り離されたときには自動的にバックアップ・システムが立ちあがるようにプログラムされている。

励起パターンの相関関係式マトリックスが擬似的なゲシュタルト構造に書き換えられた。あくまでも仮想的なことではあるが電脳意識が二次元平面から三次元立体に変換されたといっていい。その構造上に意識のバッファ領域が仮設されて、そこに上位意識《メタ・アウェア》と閾下《サブリミナル》がプログラムされた。

　つまり、それから先のおれは擬似的な無意識のうちに動くことになったわけなのだ。こともあろうに電脳から切り離され、暴走する車に乗っているこのおれが――

4

　おれの車は九課配備の特別仕様だ。すなわち特殊装甲＝強化ガラス、磁力波遮断タイプの防弾、対化学・生物兵器仕様なのだ。

　正直なところ、磁力波、および化学・生物兵器に関しては、どれほどの有効性があるか疑わしい。多分、たんなる気休めの域を出ない。だが、特殊装甲＝強化ガラスについては、それなりに有効で、テストでは戦車砲の砲撃にも十分に耐えられるという結果が出ている。要するに丈夫なだけが取り柄といっていい。

　それだけに重い。通常のこのタイプのセダンよりは優に十五パーセント増しに重いだろう。むろん、そのことで走行性が犠牲にされることはないが、それは通常に走っている場合のことだ。暴走時にはそのかぎりではない。

　なにしろ特殊鋼・装甲仕様、重量十五パーセント増の車が駐車場を二百キロを超えるスピードで疾走しているのだ。その破壊力たるや凄《すさ》まじいものがある。

駐車場に並んでいる車を次から次に壊してしまう。押しのけられた車が玉突き衝突を繰り返す。軽量車にいたってはまるで乳母車か何かのように跳ねあげられてしまう。いたるところでセキュリティ・アラームが金切り声の悲鳴をあげている。まるで戦場のような騒ぎといっていい。

そのアラーム音に爆発音が重なる。駐車場のそこかしこに炎が噴きあがる。めらめらと炎が空を舐《な》める。

統計によると車の六十パーセントはいまだにガソリン車のままなのだという。おれは必ずしも統計を全面的に信用するわけではないが、これだけ、たてつづけに引火するところを見ると、あながちそれも眉唾《まゆつば》とばかりはいえないのではないか。いまだに環境保護よりも経済効率が優先されている何よりの表われかもしれない。嘆かわしいというべきか。

が、暴走する車に乗っている身としては、わが同胞の環境保護に対する意識の低さを嘆いてばかりもいられない。ぶつかった車が爆発するたびに、その炎を受け、衝撃波にまともにさらされる。打ち明ければおれの車にしてもいまだにガソリン仕様なのだ。

遺憾ながら、わが九課も環境保護に対する意識は非常に低いといわざるをえない。だが、いまのおれにそのことを嘆いている余裕はない。おれの車がガソリン車である以上、ぶつかった衝撃で、いつ爆発することになるとも限らない。炎をあびて引火する可能性にしてもゼロとはいえない。

要するに、おれは怖いのだ。怖くて怖くてたまらない。おれ自身が壊れてしまわないうちに早急に何とかする必要があるのではないか。しかし――

何をどうすればいいのか。いかにすればこの苦境を脱出することができるのか。

何ということだろう。おれはそれを電脳ではなしにメタ・アウエアで、あるいはサブリミナルで考えなければならないのだ。

いや、考えるというより、反射神経に身をゆだねるといったほうがいいか。そう、そのほうがより正確に事実に即しているといえるかもしれない。

義体《サイボーグ》が反射神経に身をゆだねるとはどういうことか。

義体には随意筋と不随意筋の区別がない。その必要がない。じつは義体の筋肉はすべてが随意筋なのだ。

が、人が（それがたとえ義体《サイボーグ》であっても、だ）生きていくうえで、つねにすべての筋肉の動きを意識せざるをえないというのは、きわめて困難なことではないか。よしんば義体であろうと、心臓を鼓動させるのを、胃腸を蠕動《ぜんどう》させるのを、つねに心がけていなければならないのではそもそも日常生活が成りたたない。それは煩《わずら》わしく、煩わしいという以上に愚かしいこととといっていいのではないか。

そのために不随意筋を動かすプログラムはサブ・プログラムとして記述されている。通常のプログラムにスイッチ・リレーされて走るようになっている。

じつは随意筋であるのに巧妙に不随意筋を装っているといえば幾らかわかりやすいかもしれない。要するに「トロイの木馬」なのだ。日常的にはそれを意識する必要がないようにデザインされているにすぎない。だが――

電脳意識から切り離され、擬似無意識が発動するのと同時に、不随意筋のサブ・プログラムがメイン・プログラムに切り替わったのだった。

電脳はおれから切り離されている。断定はしかねるが、多分、おれはハッキングされている。したがって、いまのおれはおれであってもうおれではない。

たしかに義体がおれのコントロール下にないことは非常に問題だ。意識が遮断されてしまっているのはなおさら問題だろう。が、なにより問題なのは、すでに電源《パワーソース》が確保されていない、ということではないか。

ハッカーはおれのパワーソースをいつでも好きなときにダウンできる。文字どおり、おれの生殺与奪を一手に握っているといっていい。この状況を打破しないかぎり、おれにサバイバルの余地はない。

いわば不要となった冷蔵庫のようなものだ。コンセントを引き抜かれて指定日に粗大ゴミとして出されることになる。冷蔵庫自身がそのことをどう思っているのかそれを尋ねようとする人間はいない。むろん冷蔵庫はそのことを非常に不快に感じている。そうでないはずがない。

おれにしても粗大ゴミに出されるのは勘弁して欲しい。要するに不随意筋がメイン・プログラムに切り替わるのは、義体《サイボーグ》が粗大ゴミにならないためのバックアップ・システムに切り替わることなのだった。

5

バックアップ・システムが三十五ミリセカンドの周期で不随意筋に収縮弛緩運動をさせた。発電した。これはいわば緊急時の予備的なダイナモなのだ。そして発生した電気が体内バッテリーを充電させる。

義体《サイボーグ》には本来の意味での不随意筋は必要ない。そのことはすでに説明した。したがって人間《フレッシュ》であれば、反射神経を統括することになるはずの脊髄《せきずい》も、サイボーグにおいてはそのかぎりではない。そもそも反射機能に当たるものがないのだから脊髄にしてもその本来の機能から逸脱せざるをえない。

義体の臓器はすべて例外なしにそうなのだが、脊髄も培養器《ヴァアイト》で人工増殖されたものである。そのときに脊髄は予備的なバッテリーとしての機能を付与されることになった。

脊髄バッテリーの駆動可能時間はカタログ・データで八分……実際には四分程度だろうといわれている。大事をとってまずは三分と見なしたほうがいい。いったん電脳から切り離された義体が、さらにバッテリーまで切れてしまえば、その電脳を初期化しないかぎり再起動することはかなわない。

要するに、おれに与えられた時間はわずかに三分しかないわけなのだ。その三分のあいだにハッカーから電脳を取り戻さないかぎり、おれはジャンクにされることだろう。おれたち義体《サイボーグ》にあっては粗大ゴミとして捨てられることになるのは決して比喩でもなければ冗談事でもないのだ。

コンマ五秒で脊髄バッテリーへの充電が完了した。これで壊れるまでに三分の猶予時間が与えられたわけだ。

すでに死刑執行人の手は電気椅子のスイッチにかかっている。死刑囚にはタバコ一本吸うだけの猶予が与えられた。おばかなハリウッド映画であれば、直前に無実であることが証明され、州知事からの執行停止の電話が入ってくるところだが、おれにはそんな幸運は期待できそうにない。

なにより、おれにはどうして自分が死刑に処されることになったのか、その理由さえわかっていないのだ。とりあえず罪状認否においては無実《ノン・ギルティ》を主張するつもりではいるが、実際には自分が有罪であるのか無実であるのかその確信はない。

おれの視覚スクリーンのなかにバッテリー駆動を表示するインジケーターが瞬いた。バッテリー残存時間を示すカウント・ダウンが示される。コンマ・コンマ・セカンドの刻みでカウント・ダウンが開始される。何がスリリングといってこれほどスリリングなカウント・ダウンはないだろう。そこで刻まれているのはおれの命に他ならないのだ。

電脳からは完全に切り離されているはずなのに、はるか昔に習った英語のことわざが意識の縁をかすめた。How time flies! ——訳。ああ、何と時のたつのは早いことであることか！ ——まさに実感というべきだろう。おれの命はいましも時とともに飛び去ろうとしている。

カウント・ダウンが開始されたその瞬間——

おれは動いた。おれは電脳から切り離されている。当然のことながら、電脳にリンクされた車載ナビゲーションからも切り離されている。そして車載ナビゲーションはすでに暴走している。電脳にコントロールされているかぎり、おれはおれ自身をコントロールできない。ましてや車載ナビゲーション・システムなどコントロールできるはずがない。

が、おれはいまバッテリー駆動しているのだ。意識によってではなしに無意識によって動いているのだ。それでマックス八分、ミニマム三分は動くことができる。

おれは無意識のうちにナビゲーションをメタ・アウエアにリンクさせた。と同時にそれをサブリミナルにバックアップさせる。おれの無意識がナビゲーション・システムにインストールされつつあった。それが三十秒以上の時間を要さないことを祈るばかりだ。

そのときにはおれの車はすでに蹴散《けち》らすべき車はすべて蹴散らしてしまっている。壊して燃やして横転させせた。補償のことを考えるだけでも恐ろしい。多分、これで九課の一年分の予算を使い果たしてしまったのではないか。部長の荒巻《あらまき》が脳溢血《のういっけつ》で倒れることにならなければいいが……

それでもおれの車の血の衝動はおさまらない。エンジン音を噴きあげて高らかに雄叫《おたけ》びをあげた。そして凄まじい勢いでフェンスに向かう。まるで自殺衝動に、いや、自壊衝動に駆られてでもいるかのようだ。すでにブレーキもステアリングも制御不能になっている。誰にもそれをとめるすべがない。

フェンスといっても半端ではない。なにしろ十センチ角の鉄柱に高圧電流を流した金網が張りめぐらされているのだ。

最近はコンビニもフォート・ノックス並みの厳重な警護システムを取らざるをえない。いくら何でも高圧電流はやりすぎだとは思うが諸般の事情からしてやむをえない。こうでもしないかぎり激増する強盗強奪犯罪に対応しきれないのだ。じつに物騒きわまりない世情なのだった。

フェンスが急速にフロントガラスに迫ってきた。金網が紫色にスパークを発してボルボを招いていた。鉄柱がその頑丈さを誇示させていた。お世辞にも非常に楽しい眺めとはいえない。その逆だ。

むろん、そこに二百キロのスピードで激突すれば装甲仕様の車といえども無傷ではすまない。特別仕様の義体《サイボーグ》にしても容易にスクラップにされてしまう。車体は大破せざるをえない。義体はクリスマスのターキーよろしくこんがりローストされる。ターキーと違って義体がローストされたところで誰も喜ばない。ひいらぎで飾られることもない。

まだしも車はセカンドユーザーに下取りされるが、義体はキロ幾らでジャンク屋に投げ売りされるばかりではないか。

そのときのことだ。ついに無意識のナビゲーション・システムのインストールが完了したのだった。

三十秒では済まなかった。優に一分以上はかかった。多分、残りは二分を切っている。おれのために祈ってくれないか。おれには祈りが必要だ。そのわずか二分の間におれはすべきことをすべてやり遂げなければならないのだ。

インストールが完了すると同時におれのメタ・アウエアがナビゲーション・システムをバイパスしてGPS衛星に転送されたのだった！

6

おれのメタ・アウエアがGPS衛星に同調するのにさらに四十秒を要した。残りは一分あまり！

同調するのと同時にSAを発動させた。SA——Selective Abailabilityだ。あまり、こなれのいい日本語とはいえないが「選択的有用性」とでも訳せばいいだろうか。GPS衛星はいまだにアメリカのペンタゴンの監督下にある。そして、ときにペンタゴンは一般市民が利用するGPS精度を故意に劣化させる政策を取ることがある。その理由は聞かないで貰いたい。おれにもわからないのだから——これを称してSAという。

SAが発動されるとその対象となるGPS受信機の精度は極端に劣化する。おれの車載ナビゲーションもその例外ではない。ナビゲーション・システムは他のデバイスに組み込まれていてオート・ドライブに連動している。つまりSAが発動されるとオート・ドライブそのものの性能が劣化することになるわけなのだ。

ＳＡが発動してそれがオート・ドライブに干渉するまでさらに四十秒——残り時間はほとんどないといっていい。インジケーターはすでに視界スクリーンのなかで、ピッ、ピッ、ピッ、と点滅しながら、レッド・アラームを放っている。いままさにバッテリーの残存時間が尽きようとしているのだ。

おれは無意識のうちにオート・ドライブの精度が劣化するのを待っていた。が、すでにＳＡが発動されているにもかかわらず、オート・ドライブの精度に変わりはない。おれの電脳はあいかわらずおれから切り離されたままなのだ。

——駄目か。

重い絶望感がおれを封じた。おれには馴染みの深い感覚だった。少佐＝素子がいなくなってからというもの何度も数え切れないほどこの感覚にさらされることになった。

多分、希望は何種類もあるのだろう。が、絶望はただ一種類しかない。いまにしておれにはそのことがわかる。意識があろうが無意識であろうが絶望はただ一つを数えるのみなのだ。

バッテリーが尽きればそのときにはおれの義体も停止せざるをえない。そして、そのときには、おれの無意識＝メタ・アウエア・サブリミナルもどこか虚空《こくう》に消滅してしまうことになる。おれはキロ幾らで量り売りされることになるだろう。

——少佐、おれは……

おれは何なのか？　おれは何をいおうとしたのか？　わからない。わからないままに……

としていた。

茫漠《ぼうばく》とした無意識の空白にさらされながら絶望も希望もすべては虚無のなかに消え去ろうとしていた。

多分、その虚無のなかでおれは素子に再会することになるだろう。おれたちのような義体《サイボーグ》が棲《す》むのには虚無の天国こそがふさわしい。その虚無の天国はやはり機械仕掛けの神《デウス・エキス・マキナ》に支配されているのだろうか。

そのとき電脳がおれのもとに戻ってきたのだった。同時に電源《パワーソース》が回復した。

SAが発動したためにオート・ドライブの精度が劣化した。そのために電脳を捕捉しきれなくなったのだろう。おれから電脳を切り離しておくことができなくなった。

じつにぎりぎりのタイミングだった。そのコンマ・コンマ数秒後にバッテリー残存量を示すインジケーターが点滅を終えた。

トータル三分二十秒……ついにバッテリーが尽きたわけなのだろう。と同時に無意識も消滅した。

が、そのときにはおれはおれに戻っていた。パワーソースは回復している。おれは咆吼を発してステアリングを握った。コントロールを取り戻そうとした。その手にパワーを回復したかった。できないことは何もないとそう信じたかった。

そんなことはない。できないことはある。ありすぎるくらいだといっていい。

たしかに義体《サイボーグ》は人間《フレッシュ》よりはその身体能力が優れてはいる。が、要は比較の問題にすぎないのであって、義体といえども万能ではない。おのずからできることとできないことがある。

そして、これは多分、いや、間違いなしにできないことに属していた。

すでに車はフェンス間際にまで迫っていた。金網がフロントガラスいっぱいに占めていた。どんな車であろうともう衝突を回避するのは不可能なことだった。あえていえばそれは車の性能を超えたことだったろう。何をするにももう間にあわない。

「…………」

おれは奥歯を嚙《か》みしめた。ステアリングで胸を強打しないようにとっさに体を座席に沈めた。両足を踏ん張った。そして衝撃に備えた。備えたところで、多分、無駄だろうとそう思いながら――

そのとき思いがけないことが起こった。ふいに車のまえに人影が飛び込んできたのだった。おれは息を吞んだ。

それは――あのアンドウだったのだが、そのときのおれにはそれが誰であるのかを見きわめているだけの余裕はなかった。あまりといえばあまりに無謀な行為にただあっけにとられていた。

自殺行為もいいところだ。下手をすれば高圧電流を流したフェンスと車との間に挟まれることになってしまう。怪物にも等しい戦闘強化型サイボーグであってもひとたまりもなく破壊されてしまうことだろう。

だが――

どんな車であろうとフェイル・セーフの最優先事項にこの一項がある。「フロント・センサーに人間を感知したらどんなことがあってもこれを回避しなければならない」——そう、どんな事態にいたることになろうとも。

車はそのまま横滑《スキッド》りした。タイヤが空転する。ギューン、と歯の浮くような音が鳴りわたった。

多分、これはオート・ドライブのぎりぎりの判断だったろう。人を避けるためにはこれしか方法がなかった。力学的に不可能な動きといっていい。極端な負荷がかかって一方のタイヤがグリップを失った。そして——

車は横転することになった。視界スクリーンが回転したが、すぐにロック・オンされ、どうにかホリゾントは確保された。

だが、視覚のホリゾントは確保されてもおれの義体はそのかぎりではない。おれの耳のなかで人工培養された三半規管がポンと軽快な音をたてて破裂した。

むろん、ありとあらゆるショック・アブソーバーが作動することになった。デュアルモード・エアバッグ、サイド・エアバッグ、それにインフレータブル・カーテンがそれぞれ百パーセントの圧力で膨張した。

おれが生身の人間であったら、どんなに緩衝装置が作動しようとそれはほとんどものの役に立たなかったろう。それほどまでに圧倒的に凄まじい横転だったのだ。

車はそのまま路面をスケーターのように横に滑っていった。ボディから火花が発した。炎が噴きあがる。このままではガソリンに引火するのは免れないだろう。

おれは車から脱出しようともがいたが、不自然な姿勢を強《し》いられているうえに、プリテンショナー・シートベルトに体を封じられて、どうにも動きがとれない。それどころか——もがけばもがくほどシートベルトにより強く体を締めつけられる。ズボンのポケットにナイフが入っている。それを取ろうとするのだが不自然な姿勢が災いして指がポケットに届かない。シートベルトを切断することができない。

ついにコクピットの電気系統が壊れた。コンソールが放電して火花を発した。おれの本能がコンマ数秒でガソリンに引火することを告げていた。そうなれば車は火だるまになることだろう。要するに——

最悪だ。

7

おれの悪戦苦闘はつづいている。状況に好転の兆しはない。それどころか、さらに悪化したといっていい。それも非常に非常に悪化した。

反射的に体が動いていた。振り子のように両足を大きく振りあげた。ヘッドデッキ部を蹴りつける。車が横転し、体が固定されているからこそできることだ。運転席は狭いが、体が固定されているために、可能なかぎり蹴りを加速することができる。破壊力は小さくない。

火花が散るなかにヘッドデッキ部のカバーが音をたてて外れた。

そこにソードオフが隠されている。ダブルオーバック（八・三八ミリ鉛弾九発装）が五発装塡《そうてん》されたショットガンだ。

身動きはきかないが両手だけはどうにか動いた。自分でもそうと意識せずに両手がソードオフに飛んだ。セーフティを押して射撃可能状態にする。レバーを引いて初弾を装塡した……すべて一連の動きは切れ目なしに連携されてほとんど意識されることがない。ソードオフを持ったときのおれはオートマシンと化してしまう。むろん義体《サイボーグ》における意識・無意識の関係は、人間のそれとは大きく異なるのであるが。

ソードオフの破壊力は凄まじい。当然、その銃声も凄まじい。車のなかでプロテクターもつけずに不用意に発射すれば人工《ヴァイト》培養の鼓膜といえども無事には済まない。たちどころに破壊されてしまうだろう。

とっさに鼓膜の感度を十パーセントまで落とした。世界がほとんど無音と化した。しんと静まりかえった世界に放電の火花だけが夢のように散っていた。多分、電脳の誤動作なのだろうと思う。その静寂の世界の果てにかすかに『アイム・ア・フール・トゥ・ウォント・ユー』が流れていた。トランペットが悲しげにすすり泣いていた。

体をひねってソードオフの銃口を地面に向けた。正確には地面に接して滑走しつづける車のドアに。

撃った。撃った。撃った。撃った……閃光、銃声、そして反動《キック》！　体を固定されているために反動を流すことができない。つづけざまに肩をキックされた。何にしても車のなかは狭い。狭すぎる。薬莢《やっきょう》を避けることができない。蹴りだされる薬莢がおれの眉を焼いた。何発めかにドアがポンと軽快な音をたてて外側に開いた。その反動で車がふわりと浮いた。

なにしろ対テロリスト用に重装甲されている車なのだ。いざというときに搭乗員が緊急脱出できるようにドアの開閉力が強力にチューンナップされている。そのパワーは並みの車の比ではない。ほとんどジェット戦闘機の緊急脱出システムのパワーを備えているといってい い。ドアが車体をジャッキのように持ちあげた。

ガタンと音をたててショックが地面から伝わってきた。一瞬、体が浮いた。シートベルトに体を封じられていなければ頭を天上にぶつけていたかもしれない。着地した。それまで横転していた車が正常な状態に戻った。

タイヤが地面をグリップするのをはっきりと感じた。この機を逃してはならない。とっさにブレーキを床まで踏み込んだ。ロックした。

車がハーフスピンした。体が遠心力に振り回されるのを覚えた。視覚のホリゾントに狂いが生じた。スタビライザーの調整が追いつかなかったらしい。

世界が回転した。

その回転する世界のなかに、一瞬、ほんの一瞬であるが、おれは虚無と死をかいま見たように思う。サイボーグの虚無と死はやはり数式で表わされているのだろうか。その虚無と死が鏡が割れるように砕け散って――

それがショッピング・カートに変わる。何台ものカートが次から次に左右に跳ねとばされるのがフロントガラス越しに見えた。降りしきる雨のなかを、二台、三台と放物線を描いて飛んだ。路面に落ちて激しい水しぶきをあげた。

駐車場の隅にショッピング・カートの集積場がある。車はそこに突っ込んだのだ。カートを跳ねとばし薙《な》ぎたおして十数メートルを進んだ。そしてすべてが終わる。ようやく車がとまった。

プリテンショナー・シートベルトが音をたてて外れた。視覚がホリゾントを確保して聴覚が百パーセントに復元した。が、罅《ひび》われたフロントガラスはホリゾントの確保を意識させなかったし、駐車場の静寂もやはり聴覚の復元を意識させなかった。

そのしんと研ぎすまされた静寂のなかに雨の音だけが聞こえていた。すぐ頭上のルーフを打っているはずの雨音がなにか非常に遠くで鳴っているかのように感じられた。

おれはそのまま車のなかにじっと座り込んでいた。すぐには動く気になれなかった。指一本動かす気になれなかった。

「…………」

多分、おれは自分のことを死んでいるのだとそう思いたかったのだろう。おれは自分がそこにそうして存在しつづけていることに疲れはてていた。義体《サイボーグ》であることにも電脳に動かされていることにも飽きていた。おれは自分自身に倦怠《けんたい》していた。

おれにはそういうところがある。いや、それこそがおれという男なのだろう。自分は死んでいるのだと思い込むことにある種の安らぎを感じたとしても不思議はない。死んで、電脳からも義体からも解放されれば、多分、素子《もとこ》に会うことも可能なのではないか。そう、この世の外のそこでだったら……たしかに、そう思うのは夢のような甘美さをともなっていた。

8

が、それが生体《フレッシュ》であろうが義体《サイボーグ》であろうが、生きているかぎり、安らぎなど得られようはずがない。この世の外のどこにも行くべき場所などあろうはずがない。

しだいに現実感が蘇《よみがえ》りつつあった。砂を嚙むような現実感覚のなか、ルーフを打つ雨の音だけが執拗に聞こえていて、それがおれをこの世につなぎとめようとしている。涙がこぼれるほどにわびしいこの世に、この現実に……

おれは知っていた。どんなにわびしかろうと、おれが戻るべき場所はここしかない。この現実以外にはない。おれはそのことを自分にいい聞かせた。

そして、そのわびしい現実のなかで、おれが真っ先に考えなければならないことがあるとしたら、それは……

――誰かおれの車の搭載ＰＣにハッキングしようとした人間がいる。それは誰なのか。そして、その誰かはどうしてそんなことをしなければならなかったのか。

ということだろう。

車載ＰＣがハッキングされたためにそれと同調したおれの電脳がおれから切り離されるこ

とになった。そのために車が暴走することになってしまったわけなのだが、それはあくまでも結果であって、それも思いがけない結果であって、その誰かは車を暴走させるために車載PCをハッキングしたわけではないだろう。その誰かはどうしておれの車載PCをハッキングしなければならなかったのか。

　その誰かはおれが公安九課の関係者だということを知ったうえで車載PCをハッキングしたのか。それとも、そいつは標的が誰であろうとかまわない愉快犯であって、たまたま、おれの車載PCが無作為に選ばれたにすぎなかったのだろうか。

——そもそも車載PCをハッキングすることにどんな意味があるというのだろう。

　おれはぼんやりとそのことを考えた。あまりにぼんやりとしていたために自分がいま何を見ているのかそのことに気がついていなかった。

　罅《ひび》われたフロントガラスが雨に濡れている。その濡れて滲んだ視界のなかに人影がうごめいていた。おれは焦点の失せた目でその人影を見るとはなしに見ていた。自分がアンドウを見ているのだということに気がつくまでに一、二分を要したようだ。それだけ、おれは呆然としていたということだろう。電脳が正常に機能していなかった。

——アンドウは何をしているのか。

　おれは自問した。

　あらためて自問するまでもないことだ。なにもアンドウは難しいことをしているわけではない。しきりにショッピング・カートを右に左に押しのけている……

ただ、それだけのことなのだ。それ以外のことは何もしていない。わき目もふらずに懸命に働いていた。何かにとり憑《つ》かれでもしたかのように、といおうか。

妙なのは——それが何のためであるのかわからないということだ。たかがコンビニのショッピング・カートではないか。おれにはどうして人がそうまで熱心にそれを移動させなければならないのかその理由が想像もつかない。というか、多分、しかるべき理由などないのだろう。あるはずがない。

それなのにアンドウは雨に濡れながら懸命に働いているのだ。おびただしい数のショッピング・カートを移動させている。その動作はどこか機械的に偏執めいていて常軌を逸しているようにさえ感じられた。

が、アンドウがどうであろうと、おれは彼に感謝しなければならない。それも、どんなに感謝しても感謝し足りない、といっていいほどなのだ。

だってそうだろう。アンドウがとっさの機転で車のまえに飛び込んでくれなければ車はあのままフェンスに激突していたにちがいないのだ。雨が降りしきるなか高圧電流を流したフェンスに激突すれば車が大破するばかりでは済まなかった。ステアリングを握っていたおれもこんがり丸焼けになっていたはずなのだ。

その意味でアンドウは命の恩人である。もっとも義体《サイボーグ》に宿るゴーストが命の名に値するものかどうか、当然、そのことには一議論あってしかるべきだろうが。

アンドウの言葉がおれの電脳にリプレイされている。こだまのように途切れることがない。

――いまのぼくは運から見放されている。だけど、いつかはつきが戻る。そしたら、あんたにこのお礼がしたい、と思っている。あんたにはそのことを当てにしてもらいたいと思っている……いまのぼくは運から見放されている。だけど、いつかはつきが戻る。そしたら、あんたにこの礼がしたい、と思っている。あんたにはそのことを当てにしてもらいたいと思っている……いまのぼくは運から見放されている……

アンドウはきわめて律儀な若者というべきだろう。じつに早々に礼をしてくれたものではないか。おれのほうこそ、礼を言わなければならない。

おれは車から出た。そしてアンドウに向かって歩いていった。

そのときにはおれもアンドウの様子が尋常でないことに気がついていた。

アンドウはショッピングカートの山に分け入ってそれらを右に左に並べている。その行為はあまりに一心不乱にすぎて何か偏執的なものさえ感じとれるようであった。

――それは何だろう。

多分、彼の脳裏にあっては、それは正確に何かのパターンにのっとっているのであろうが、当人以外には何であるかがわからない。そのパターンに漠然と見覚えがあるような気がするのだが、ついに記憶が蘇ることはなかった。

「おかげで助かったよ。礼をいうぜ」おれはアンドウに声をかけた。

アンドウが振り返った。おれを見た。その表情があまりに虚《うつ》ろに淋《さび》しい。おれを見ても何もいわなかった。そもそも、おれを見ているのをどれだけ本人が意識しているのか、そのこと自体がすでに疑わしい。多分、その目は何も見ていない。いや、雨だけを見ていた。雨に濡れる自分の姿を。その孤独を……

9

「どうかしたのか」おれは尋ねた。「何をやっているんだ」

アンドウはぼんやりとおれの表情を見つめた。そして、捜してくれないか、といった。妙に切迫した口調だった。

「捜す？」おれは眉をひそめた。「捜すって何を」

「思い出を」アンドウがいう。「ぼくだけの思い出を」

「思い出を？　あんたは思い出を捜しているというのか。あんたは思い出をなくしてしまったとそういうのか」

「思い出ってそんなものじゃないか。なくなってしまうから思い出なんだろうさ。だけど――」

「だけど？」

「なくしてはいけない思い出だってある。あんたにはそんな思い出はないか」

「…………」

もちろん、ある。が、それはここでアンドウに話すべきことではない。誰にも話すべきことではない。

「あれはなくしてはいけない思い出だったのに。それなのに、なくしてしまった。ぼくは彼を――」

ふいにアンドウの視線が心細げに宙をさまよった。何かを捜すように……が、そこにあるのは雨だけなのだ。ただ冷たい雨だけが降って、降りしきり、降りつづけて、それ以外には何もない。

「彼？　あんたは彼をどうしたんだ」おれはアンドウをうながした。「なくしてはいけない思い出って何なのだ」

うながしたというより注意をおれのほうに向けさせたかった。「現実」をあれほどまでに厭《いと》っている人間が口にすべきことではないかもしれないが、おれはアンドウをどうにかして現実に引き戻したかったのだ。アンドウはどこか別の世界にいた。

アンドウはおれを助けようとして頭でも打ったのだろうか？　自己弁護するわけではないが、多分、そうではない。初対面のときからアンドウにはどこかこの世の人間ではないような非現実感があった。この世に生きる生身の人間にしてはあまりに純でイノセンスにすぎるのではないか。

「ぼくは彼を殺してしまった。思い出を殺してしまった……」

「彼を？　彼って誰なんだ？　思い出がどうしたんだ」

「殺してしまった」

おれは訊《き》いた。「それは殺してはならない思い出だったのか」

「殺してはならない思い出だった。殺してはならない人だった。それなのに」アンドウの表情がかすかに歪《ゆが》んだ。

「それなのに……」

「殺してしまった。忘れてしまった――」

おれはそのときのアンドウの表情を忘れられない。夢のなかのおれの息子――ぼくがパパのことを好きになりすぎても、どうか、ぼくのことを薬殺しないでね……それを言ったときの息子の表情を思い出させた。どうしてか胸の底でかすかに罪悪感めいたものが揺れるのを覚えた。

アンドウはおれに向かって一歩を踏み出そうとした。頭が垂れた。そのままゆっくりと前のめりに濡れた地面に沈んでいった。

おれがとっさに両腕をさしのべなければアンドウは今度こそアスファルトで頭を打っていたことだろう。

おれは雨のなかをいつまでもアンドウを抱きしめて立ちつくしていた。いつまでも？　いや、そうではない。そういってしまったのではあまりに誇張がすぎる。実際にはそれは十分程度の時間だったろう。

つまり現実には、いつまでもどころか、おれがアンドウを抱いていたのは、ほんのつかのまのことだったといっていい。それなのに、どうしてそれが後になって、ああまで長時間のことだったように記憶されることになったのか。

多分、それは、おれがあのとき非常に濃密な時間のなかに身を置いていたからではなかったか。アンドウとおれとはついに行きずりの関係に終わることになるが、にもかかわらず、おれにとって彼はほかの誰にも増して忘れがたい存在になる。おそらく、そのときのおれはそれを心の底で予感して、それで彼を抱いていた時間があぁまで長いものに感じられたのではなかったか。

おれの腕のなかでアンドウは虚ろに視線を投げかけていた。その目には暗闇以外なにも映っていない。多分、暗闇さえも映っていなかった。そこにあるのは虚無だった。それも言葉の真の意味での虚無……電脳が虚ろにつむいで、どこかサイバー・スペースに漂わせている〝虚無〟なのだった。

だからといってアンドウが義体《サイボーグ》だというのではない。アンドウの生体脳は一部クリスタル構造を介して電脳パーツとニューロン癒着されているということなのだ。義肢のようなものを想像すればいいだろう。その脳バージョンに他ならない。むろんアンドウにあって、生体脳と電脳との比率がどれほどのものであるのか、それはおれにもわかるはずのないことなのだが……

ただ一つ言えるのはアンドウがかつて脳に損傷を負ったことがあるらしいということだ。それもかなり深刻な損傷であったにちがいない。よほどのことがなければ専門家は生体脳の一部を電脳に代替するなどということはしない。それは端的にいってその人間のパーソナリティを致命的なまでに損ねることになりかねないからだ。

——もしかしたらアンドウがホームレスになったのはそのためかもしれない。

ふとそうも思ったが、それはおれには何のかかわりもないことだった。おれにはそれが誰であれ人と積極的にかかわる意志など毛頭ない。ましてやアンドウは行きずりというのもはばかられるほどの淡い関係でしかないはずではないか。そのはずだったのだが……

そのときにはすでにおれの電脳カムは夜間救急病院に連絡していた。五分もしないうちに救急車は到着する。しかし——

その五分の時間が取り返しのつかない事態を招くことになる。脳に損傷を受けた人間にとって五分という時間はあまりに長い。長すぎる。そう、それこそ、その人物を死にいたらしめるほどまでに。


アンドウは急速に脳死状態に陥ろうとしていた。多分、脳幹上部に障害を負っている。アンドウの体を抱いて、その目を覗き込んでいるおれには、そのことが如実にわかった。

人には首を曲げると目が上を向いて、伸ばすと下を向くという反射がある……これを垂直眼球頭反射といって、この反応が消失した場合には、視床、視床下方、中脳などの異常を疑わなければならない。

アンドウの目からはその垂直眼球頭反射が失われていた。これに加えて、対光反射までもが失われ、眼球が固定されると、その人間の死亡率はじつに百パーセントに達する。助からない。

アンドウはまだそこまではいっていない。いまのところは、と言うべきか。が、救急車が到着するまでの五分という時間が、そこまでアンドウの症例を進めてしまうのは間違いない。いまのアンドウはぎりぎり引き返しのつかない消失点《バニシング・ポイント》にさしかかろうとしている。そうなるまえにどうにかしなければならない。

が、どうにかするといっても選択肢がそれほどあるわけではない。正確には二つしかない。一つはアンドウが安らかに逝《い》けるように祈ってやることだ。何の意味もないが気休めにはなる。もう一つは意識励起してやることだった。こちらは意味はあっても気休めにはならない。それどころか危険をともなう。

脳死の最初の兆候は意識を失うことだ。脳幹部の網様体賦活系の障害から意識が失われる。これを放置しておくとさらに脳死が進行することになる。要するに意識と脳幹とはインタラクティブな関係にあるわけだ。

そうはいっても脳幹を処置するにはしかるべき専門家と設備とを必要とする。おれには無理だ。が、意識のことであれば――まかせて貰おうか。おれはこと意識に関しては専門家といってもいいほどなのだ。ゴーストのみを残して体のほとんどを義体化されたサイボーグはどうしても意識に対して意識的にならざるをえない。それはおれにあっても例外ではない。当然のことだろう。

義体《サイボーグ》にとっては網膜は外界とのインターフェイスである。そしてそのことは生体脳の一部を電脳に代替された人間《フレッシュ》にしても変わらない。電脳のハード操作にかぎって言えば赤外線を介してたがいに同調させることが可能なのだ。相手が意識を失った状態であれば、その目を覗き込んで、相手方の電脳をリモート・コントロールすることができる。

おれはそうした。アンドウの目を覗き込んだ。そして視覚センサーを赤外線ポートに切り替えたのだ。アンドウのパーツ電脳とおれの電脳とを同調させた。それと同時におれは右手を自分の首筋に当てた。ジャック・インして電脳を初期化させた。

アンドウのパーツ電脳も初期化されたはずだった。初期化されてあらためて意識が立ち上がる。脳幹の網様体賦活系の障害が削除《デリート》された。が――

電脳を初期化するのにはいつだっていくばくかの危険がともなう。データはすべてバックアップされていて、すべては自動的に再インストールされるが、なにしろ一人の人間(義体《サイボーグ》?)の人格ゲシュタルトを再構築しなければならないのだ。半端な仕事ではない。

当然、それなりに時間を要する。そのために一時的にではあるが意識に空白が生じざるをえない。電脳はイノセンスな状態になってしまう。

おれは常々、疑問に思っているのだが、電脳が初期化され、意識に空白が生じたとき、義体《サイボーグ》のゴーストはどこに消え去ってしまうのだろう……

……最後まで視覚サイトに残っていたアンドウの顔もやがてフェイドアウトする。あとには初期化設定のわずかに青みがかった灰色《グレイ》の空間がひろがる。点滅するドットがプログラムのインストールを促している。そのドットの点滅がバトーというサイボーグのすべてといっていい。それ以外におれはどこにもいない。

アイデンティティを確保するために最低限の記憶はバッファにとどまって電脳が初期化されてもそれまで消えることはない。

が、バッファのメモリ容量はきわめて小さい。アイデンティティを保つための最低限のものしか残すことができない。何を残して何を消すかは電脳のＯＳが判断することになる。電脳を搭載している義体がそれに関与することはできない。

あなたがあなたであるべきためにあなたが関与できることは何もない。あなたは何をもってしてあなたというサイボーグがアイデンティティを保っているのかそれを知らない。要するに、あなたは自分が何者であるのかそれを知らない……。もっとも、それはおれたち義体《サイボーグ》にかぎられた話ではないようだが。

初期化設定の灰色の空間が白に変わる。ホワイトノイズだ。視覚サイトに白いブリザードが吹き荒れる……そして、それが雨に変わる。いま、おれの視覚サイトに見えているのは車のフロントガラスに降りつける雨なのだった。

なにか微妙な失墜感を覚える。記憶が中断した。そこに違和感がさし挟まれる。おれは何をしているのか？　自問する。おれは……タクシーのリア・シートにすわってフロントガラスを見ているのだ。ガラスの表面を雨滴が伝う。

タクシーは街を走っている。それほどのスピードではない。雨滴がわずかに斜めに流れて下方で蛇行する。その蛇行する水滴の速さでおよそのスピードを測ることができる。時速五十マイルというところか。雨滴が執拗に窓枠にクエスチョン・マークを残す。街の灯《ひ》がコバルト・ブルーに滲んでいた。

ワイパーは作動していない。車内搭載コンピュータにナビゲートされるタイプのタクシーだからだろう。ワイパーの必要はない。お飾りに運転手を乗せているタクシーもあるにはあるがこれはそのタイプではない。

ミューズが『アイム・ア・フール・トゥ・ウォント・ユー』を流している。車内にトランペットの調べが鳴り響いている。客がリクエストしないかぎり勝手にミューザーが選曲することはないはずなのに──

おれが選んだのだろうか。よく覚えていないのだが。

街のどこかに救急車のサイレンが鳴り響いている。またカラー・ギャングたちが暴動でも起こしたのだろうか。それともアジア系のマフィアたちが騒いででもいるのか。

──公安九課は出動していないのだろうか……

こころみに窓から街を覗いてみる。

が、何も見えない。何もわからない。そこにはただ雨だけが降っている。その降りしきる雨のなか、尖塔（戦闘）ビルが天地を縫いつける鋭い針のように聳《そび》えたっているのが見える。

その鋭いシルエット……

思い出した。ガブのためにドッグフードを買ってやらなければならない。ガブは『巴吉度』のブランドしか好まない……漠然としたデ・ジャ・ビュのようなものを感じたが気にしなかった。

こういうことは電脳がリ・ロードされるときには起こりがちなことなのだ。べつだん気にするほどのことではない。

車載コンピュータに言う。「角を曲がったところにコンビニがある。そこのコンビニに寄ってくれ」

それに応じてコンソール・パネルが点滅する。OK、という意味だろうが、心なしかレスポンスが鈍いように感じる。雨の夜には早く上がりたいのは人間も車載コンピュータも変わりないのだろう。

コンビニで何箱か『巴吉度』を買ってタクシーに戻った。売り場ですれ違ったプロジェクターが何か言いたげにライト・パネルを点滅させたが無視することにした。

強引にものを売りつけるプロジェクターとかかわりあいになるのはできるだけ避けたほうがいい。ろくなことにならない。なにしろ最近は霊感商法まがいのプロジェクターさえ存在するほどなのだから。

10

マンションに戻って、部屋に入り、ガブを呼んだ。

ガブは忠実にして怠惰なバセットハウンドだ。むろん忠実というのは誉《ほ》め言葉だ。怠惰にしても必ずしも悪口というわけではない。おれはどんなことがあってもガブを咎《とが》めたりはしない。

おれはガブが好きなのだ。何なら愛しているといってもいい。そのつぶらな瞳がいい。濡れた鼻がいい。何より、その食べっぷりがいい。何があってもガブの食欲が衰えることはない。

おれが部屋に入ると必ず尻尾《しっぽ》を振って近づいてくる。容器に『巴吉度』を入れるのを待ちかねて何度も吠《ほ》える。鼻づらを突っ込んでウェット・タイプの『巴吉度』を床にこぼして汚す……それがおれたちの日々のルールといっていい。それなのに――

どうしてか、この夜にかぎって、おれが部屋に入っていってもガブは近づいてこようとしなかった。それどころかキッチンに入ってこようともせずに後ずさりする。妙だ。悲しげにクンクンと鳴いていた。この哀れなイヌの身に何が起こったというのだろう。

「どうしたんだ」おれは首を傾《かし》げずにはいられなかった。「夕食だぜ。夕食は要らないのか」

そのとき部屋のチャイムが鳴った。ガブのことは気にかかったが来客を放っておくわけにはいかない。もっとも、おれを訪ねてくる人間は皆無と言っていい。わずかな例外が宅配便だった。その宅配便にしてからが単一作業型のアンドロイドなのだ。

ドアに向かった。その際にガブにこう言いきかせるのを忘れなかった。

「おまえの好物の『巴吉度』じゃないか。どうして食べないんだ。あまりワガママばかり言うもんじゃないぜ――」

ドアを開けた。

案の定、そこに立っているのは宅配便だった。ネットで買った商品を届けに来たのだ。

そのとき電脳の通信ウインドウが開いた。九課の同僚トグサからの連絡だった。おれは宅配便に待ってくれるように手で合図をした。そしてアクセスした。

おれたちの間に挨拶の言葉は要《い》らない。挨拶の言葉が不要なほど親しいというわけではない。そうではなしに挨拶の言葉が空しく思えるほどにおれたちはあまりにも色々なものを見過ぎてきた。

トグサは前口上なしにいきなり言った。

「またガイノイドが所有者夫妻を襲ったらしい。亭主は死んだ。女房のほうは重体ということだ――」

あらためて言うまでもないことだろうが、ガイノイドは少女型アンドロイドの一般名称だ。ロクス・ソルス社は二〇五二『ハダリ』なる量産タイプ・ガイノイドの販売にとりかかろうとしている。販売が開始される秋をひかえて、いまは複数の契約モニターに『ハダリ』が無料貸し出しされ、データが収集されているところである。

が、どういうわけか非常に事故が多い。『ハダリ』が所有者を襲うという事故があいついで起こっている。これまでにすでに六件――由々しき事態といっていいだろう。しかし……

「それがどうかしたのか」おれは言った。「ガイノイドが事故を起こしたからといって公安九課には何の関係もないことじゃないか。そんなことは所轄の仕事だろうぜ」

「いまのところはな」トグサは鼻に皺《しわ》を寄せて、「だがな。部長はテロの可能性も視野に入れて動いているらしい。いまのところはまだ視野に入れているという程度におさまっているが、いずれは九課にも出動の要請があるかもしれない。そのときになってバタバタしないように事前に準備だけはしておけってさ」

「わかった」

おれは通信を切った。あらためて宅配便の顔を見た。

「いいんですか」宅配便が訊いた。

「いいのかって、何が?」

「いま、イヌが外に出ていきましたよ。あのままにしておいていいんですか」

「え……」

一瞬、アンドロイドが何を言ったのかわからなかった。おれはぼんやりと相手を見つめた。そのときになってようやく初期化設定がすべて終了したようだ。視覚サイトが完全に復元された。復元されたときにはすでに遅かったというべきか。

視覚サイトにウインドウが開いた。そこにおれの足下をすり抜けて廊下に出ていくガブの姿が何度もリプレイされていた。ガブはうなだれてシオシオと廊下に出ていった。その尻尾が悲しげに床を掃いていた。これまでガブのそんな姿は見たことがない。

おれは急いで廊下に飛び出していってガブの名を呼んだ。

呼んで、呼んで、呼びつづけた。

それからというものおれは夜となく昼となくガブの名を呼びつづけることになる……

After The Long Goodbye

Chapter 2

引き裂かれた夜

Split the night

1

ガブが失踪してから一週間が過ぎた。

長い、長い一週間だった。それがおれにはひと月のようにも感じられた。あるいは一年、十年、それ以上か。

じつのところ犬《パートナー》を失った飼い主に時間の経過など何の意味も持たない。ゼロにゼロを足したところで何が変わるというのか。空白に空白を重ねたところでその空虚なことには何ら変わりはない。

孤独とはどんなものか？　それを知りたければ何も古今の名作を読みあさる必要などない。テネシー・ウイリアムズの戯曲に触れる必要もない。おれに訊けばいい。

おれならこう答えるだろう。孤独とは要するにイヌのいないキッチンに残されたペットフードの容器に他ならないのだ、と。それこそが孤独であって、これ以上に孤独に的確なかたちを与えるものはない。

ガブはいない。が、その容器を片づける気にはなれなかった。容器を片づけることはガブの不在を決定づけることであるような気がした。それが耐えられなかった。したがって容器は空っぽのままキッチンの床に残された。いつまでも……

多分、そこに盛りつけられているのはペットフードではなしに孤独なのだ。ペットフードは腐るが孤独は腐ることがない。いつだって新鮮なままに鋭い臭いを放っている。そうであれば人はついに孤独を忘れることはできない。孤独はいつもそこにある。

おれは素子を失い、いままたガブを失った。どうしておれが孤独を忘れることなどできるだろう。生まれて一度として孤独の臭いを嗅いだことがない人間は幸せだ。もっとも、そんな人間はどこにもいない。孤独でない人間はいない。多分。

おれにしても、この一週間、何もせずに手をこまねいていたわけではない。ガブがいないのに何もせずに日々を過ごすことなどできるはずがない。

ガブの散歩圏内《テリトリー》を何度も捜し歩いたことは言うまでもない。ガブの写真《フォト》をネットの『迷い犬・サイト』に流した。――雌、六歳のバセットハウンド。やや太りぎみ。人なつっこい性格。大食。怠け者……。動物愛護協会《SPCA》にも頻繁に連絡をとった。

厳密に言えば違法なのだが、警察犬《ポリスドッグ》を借り出して、臭跡追跡《トラッキング》さえさせたのだった。

警察犬は任務に忠実で信頼できるシェパードだった。名前をジョンという。ジョンにガブの毛布の臭いを嗅がせてトラッキングを開始した。

都会にはさまざまな臭跡が残されている。大勢の人間の体臭、食べ物、タバコ、排気ガスの臭い、それに貧困、孤独の臭い……。都会にあっては、どんなに任務に忠実で信頼できるシェパードであっても、百パーセント、トラッキングが成功するという保証はない。ひかえめに言っても都会でのトラッキングは非常に難しい。

それに通常、臭跡追跡訓練は人に対して行われるものなのだ。警察犬は人を追うように、あるいは人の遺留物を捜すように訓練されている。

これは一般的に言えることだが、イヌはイヌを追うのにあまり熱心ではない。とりわけ警察犬は何かを追っているときに他のイヌに関心を払ってはならないと教えられる。警察犬とはそうしたものなのである。

それだけのハンディがあるにもかかわらずジョンはかなり奮闘したといっていい。優秀な警察犬と誉めるべきだろう。

おれのマンションから六百メートルほどは迷わずに進んだ。脇目もふらずにというべきか。張り切っていた。

が、交差点にさしかかったところで追跡は終わった。多分、臭跡がそこで途切れた。狼狽《ろうばい》した。一回転、二回転し、うろうろと迷った。そして、ついにその場にすわり込んで、なにかを訴えるように天を仰いで吠えた。その咆吼がしだいに悲しげなものに変わっていった……

ジョンは敗北を受け入れざるをえなかった。任務に忠実な警察犬にあっては追跡を失敗するほどつらいものはない。これほどまでに挫折感を強いられるものはない。

どうしてガブの臭跡が交差点で途切れていたのか？　考えられる可能性は一つしかない。ガブは交差点で車に乗せられた。つまり――

ガブは誰かに誘拐されたわけなのだろう。SPCAにも運びこまれていない、迷いイヌのサイトでもヒットしない……そうである以上、誘拐されたという以外には考えられない。そうではないか。

しかし、いったい、どこの誰が、肥《ふと》って怠惰なバセットハウンドなど誘拐しようと考えるだろう。

わが飼い犬ながらガブのよさは必ずしも一般受けするものではない。よほどの通《つう》か、そうでなければおれのようなひねくれ者にしかわからないよさだといっていいだろう。行きずりの子供がつい抱きあげてしまうほど愛くるしいというわけではない。

そうかといって、おれとしては不細工な容貌と言い切ってしまうのには何がしかの抵抗を覚えずにはいられない。何といえばいいだろう。そう、独特な容貌とでもいえばいいか。

要するにバセットハウンドをかわいいと感じるだけの感性を養うにはそれなりの努力を必要とするということだ。

あるいは、おれが世情にうといだけのことで、いつのまにかバセットハウンドは——誘拐されるほどの——大衆的な人気を得ていたのだろうか。いや、バセットハウンドがペットショップで非常な高値で取り引きされているなどという話は聞いたことがない。そんなことはありえない。

愛くるしいわけでもなければペットとして人気があるわけでもない。それなのにどこの誰がガブを誘拐しなければならなかったというのか。

おれはどうあってもガブを捜し当てるつもりでいる。そのためにはどうしてガブが誘拐されなければならなかったのか、まずそれから突きとめる必要があるだろう。

まかせてもらおうか。九課の課員たるおれにとってそうした調査はお手の物といっていい。むしろ、おれの天職なのだ。

おれはガブの捜索に動いた。

2

おれは人好きのしない男だが、ご同様、おれのほうでも滅多に人を好きになることはない。その意味で人生のバランス・シートに過不足はない。

彼女はその数少ない例外といっていいだろう。彼女は警察犬《ポリスドッグ》の訓練士である。ヤスタカ、という名だ。おれはこのパラグラフの冒頭で彼女とそう呼んだ。それなのにヤスタカという名でいいのか。いいのだ。

どうして女性なのにヤスタカの名で呼ばれているのか？　人によってはヤスタカという名をラスト・ネームではなしにファミリー・ネームだと思うかもしれない。が、そうではないのだ。彼女はたんに女性なのにヤスタカという名なのである。そのことにとりたてて理由はない。

三十代の後半というところか。背が高い。痩《や》せている。どちらかというと筋肉質といってもいいかもしれない。ボキボキとした、ぶっきらぼうなしゃべり方をする。中性的というより、むしろ男性的といったほうがいい。

その男のような名前とあいまって、ジェンダーの紊乱《びんらん》者というべきかもしれない。世の価値を混乱させる。それは彼女のキャリアについても言えることだ。

ヤスタカはアカデミーで動物行動学を専攻した。それなのにいまは警察犬の訓練士として働いている……そしてヤスタカに言わせれば世に動物行動学と訓練士ほど絶対的に相容れないものはないのだという。水と油なのだという。

ヤスタカは言う。

「計算をしたりアルファベットを読める学者馬の話を聞いたことがあるでしょ。ハンスという名だった。ハンスは蹄《ひづめ》で床をたたいて数を人に告げたり、アルファベットを選んで単語をつづったりした……だから学者馬。そのことが世間で評判になった。それでその学者馬の知能程度を調べるために全国から言語学者や哲学者や心理学者が集まってきた。ハンスに対してテストを重ねた。いまの話じゃないよ。ずっと昔のドイツでの話なんだけどさ。

その結果、わかったのはハンスは飼い主がいないときにはその能力を発揮できないということだった。テストのとき、飼い主がどんなに無表情でいるように努めても、その息づかい、眉毛の角度なんかに、どうしても内心の思いがあらわれてしまう。ハンスはそれを正確に読みとって反応した。つまりハンス自身が計算したり単語をつづっているわけではなかった。そのことがわかった。

学者たちはこの飼い主のことをペテン師呼ばわりした。ハンスのことをあざ笑った。このエピソードは動物行動学では『賢いハンスの誤謬《ごびゅう》』という専門用語にまでなっているほどなのよ。動物はたんに人のボディ・ランゲージを読みとっているだけなのに。人はそれを動物が『言葉』、あるいは『記号』を理解していると錯覚してしまう。無知な人たちは動物に接してついそれを『擬人化』してしまう……そのことを指してアカデミックな人たちは『賢いハンスの誤謬』と呼んだわけなのね。

動物行動学では『賢いハンスの誤謬』は動物に人間の規範を当てはめて考えることの愚かしさを教える教訓のように理解されている。動物には人間のような知性はない。人間のような愛はない……そのことを学生に教え込むための格好のエピソードのように考えられている。とりわけ行動学者たちは動物の調教者たちを目のかたきにする傾向がある。調教者が動物のことを、これは賢いだの、あれは強情だの、人間に接するように表現するのが我慢できない。許せないわけなのよ。そのことを動物の『擬人化』の最たるものと考えている。『賢いハンスの誤謬』の教訓が生かされていないとそのことを腹立たしく思ってしまう。でも、これはおかしいよね。

ハンスは飼い主の微妙な表情の変化を正確に読みとった。そんなことはなまじの人間にもできないことだよ。それこそが知性であり愛であるわけでしょ。冗談じゃないよ。どうしてそれが知性じゃないわけ。愛じゃないわけなのよ。行動学者たちは実験を重ねに重ねて動物には知性も愛もないということを証明しようとする。だけど行動学者たちがどんなに実験を重ねてもそんなことは証明できっこない。だって実際にイヌやネコを飼っている人たちはその一匹一匹に個性があることをすでに知っている。動物に愛や知性があることを知っている。いい、知っているのよ。動物には愛や知性がないというのは絶対に本当じゃないよ」

警察犬のジョンを返しにいってついヤスタカと話し込んでしまった。

ヤスタカはアカデミーで動物行動学を専攻しながら、警察犬の訓練士になり、動物には知性も愛もあると主張している変わりダネなのだ。その名前がジェンダーを紊乱させているのと同様にその主張もアカデミズムを紊乱させずにはおかない。

思うにそのことがおれをしてヤスタカにシンパシーを抱かせる理由になっているのかもしれない。おれのような義体《サイボーグ》はその存在そのものが人間とマシンとを紊乱させているのだから。

3

おれとしては何としてもガブを取り戻したいという思いがある。そのために、いわばイヌの専門家であるヤスタカの話を聞いて、それを何とか捜索の手がかりにしたいという気持ちがあったのだろう。しかし。

多分、おれには根本的なところで誤解があった。イヌやネコの優秀な専門家はたんにイヌやネコの専門家というのみにとどまらない。彼らは必然的に「愛」の専門家にならざるをえない。行方の知れなくなったガブの話をしているつもりがいつしか「愛」の話になってしまった。

おれには愛の話は似あわない。そのことは認めよう。

だが、動物に愛があるかどうかという疑問はそのまま義体《サイボーグ》に愛があるかどうかという疑問に重なる。しょせんは論理ゲートがスイッチ・リレーされているにすぎない電脳のどこに愛が生まれる余地があるのか。おれの素子やガブに対する思いは愛なのか、それともたんなるプログラムにすぎないのだろうか。おれはそのことに無関心ではいられない。

ガブはおれの何になついてくれたのだろうか、とそのことを尋ねた。

「おれは義体《サイボーグ》だ。おれの体の何十パーセントかはすでにマシンだ。おれの電脳の何十パーセントかが結晶構造であり、残りの何十パーセントかは培養細胞のまがい物でしかない。たしかに、おれの人工皮膚は耐圧、体感機能を持ってはいるが、これにしてもやはり、まがい物の皮膚でしかない。多分、おれには生き物としての臭いが非常に希薄なことだろう。体臭がない。マシンとしての臭いがまさっている」

おれはいつしかヤスタカに訴えかけるような気持ちになっていた。おれのなかで何かが毀《こわ》れかけていた。

「イヌは人間の何万倍かの嗅覚《きゅうかく》に恵まれているというじゃないか。ガブはおれから何の臭いを感じ取っていたのだろう。マシンの臭いなのか。ガブはマシンとしてのおれになついていたのだろうか。だが、イヌがマシンになつくというのはどういうことなのか。おれの電脳は初期化された。多分、それでガブはおれから離れていったのにちがいない。しかし、おれにはどうしてもわからないのだ。電脳が初期化されたことでおれから何が失われたというのだろう」

「………」

一瞬、間が空いて、ヤスタカの視線が窓の外をさまよった。ヤスタカがそこに何を求めたにせよ窓の外にそれを見いだせなかったのは明らかだ。窓の外には郊外の灰色の風景だけがひろがっている。ほかには何もない。

やがて、魂《ソウル》じゃないかな、とヤスタカが言った。ガブはあなたのなかにある魂になついたんじゃないかな……

「魂《ソウル》……」おれはあらためてヤスタカの顔を見ずにはいられなかった。ひどく意外なことを聞いた気がした。

義体《サイボーグ》にも魂などというものがあるのだろうか。電脳の結晶構造にあるのは擬似ニューロン上に仮想される擬似的な自我ではないのか。バッファ領域に仮想される擬似記憶ではないのか。そのどこに魂などというものがあるのだろう。

「イヌには魂《ソウル》がある。イヌをきちんと飼ったことのある人なら誰でもそんなことは知ってるはずよ。まさか魂があるのは人間だけだなどというたわ言を信じてるわけじゃないでしょうね。イヌはあなたの臭いになついてるわけじゃない。イヌはあなたの魂になついているのよ」

「おれの電脳が初期化された。おれの魂は一時的に消滅した。それでガブはおれの魂を捜しに出ていったとそういうわけなのか」

「そういうことなんじゃないかな」

「きみは義体《サイボーグ》に魂《ソウル》などというものがあると本気でそう信じているのか」おれは笑おうとした。が、ヤスタカが、信じるよ、と言うのを聞いて、その笑いが途中でこわばった。

「ガブがあなたを信頼して、あなたになついていたのだとしたら、そう、あなたにも魂がある。あなたが義体《サイボーグ》だろうが何だろうが関係ないよ。わたしはあなたに魂があるのを信じる。何か、そのことを信じちゃいけない理由でもあるかしら」ヤスタカはおれのことをじっと静かな眼差《まなざ》しで見てそう言う。

4

ヤスタカは魂《ソウル》という言葉を使った。イヌにソウルがあるのと同様に義体《サイボーグ》にもソウルがあるのだという。

――ガブがあなたを信頼して、あなたになついていたのだとしたら、そう。

――あなたにも。

――おれにも。

――魂がある。

魂《ソウル》が？……

人が義体化されるときにはゴーストというものが想定される。ゴーストを残して、義体を構築するという言い方がされるが、それでは実際にゴーストがどんなものであるのか、それを指摘できた者はいない。

あらかじめ、そこにあると仮想し、そのうえで義体化モデルを構築すると不思議にすべてがうまくいく……ないのだがある……ゴーストとはそうしたものである。それに尽きると言ってもいいかもしれない。義体のどこかに実体化できるようなものではない。

ボイド、という言葉をご存知だろうか。鳥が群れをなして飛行する集団行動のシミュレーションのことを言う。"Birdoid"——Boidである。

コンピュータ上にCGアニメーションとして鳥たちが表現される。するとまるでそれが自然界にいる本物の鳥のように群れをなして飛ぶ……

何もあらかじめ群れをなした状態がシミュレートされているわけではない。たとえば障害物回避ルールなどが設定されているわけではないのだ。にもかかわらずボイドたちは見事に群れをなして飛行する。

この、そこにあるのにないものが——ボイドたちに群れを形成させるその目に見えない力のようなものがゴーストなのだというのだが……

おれには何をどう説明されてもゴーストというものがどんなものであるのか理解できない。多分、誰にもわからないだろう。

ましてやヤスタカの言うソウルがゴーストとは違うものなのか。同じものなのか。違うとしたら何がどう違うのか。同じだとしたらどこがどう同じなのか？　そんなことがおれにわかろうはずがなかった。

おれはヤスタカの言葉を信じない。義体《サイボーグ》には多分ソウルなどというものはない。ゴーストにしても本当にあるのかどうか疑わしい。

義体《サイボーグ》にソウルがあり、ゴーストがあるのだとしたら、サイボーグだって泣くはずではないか。しかしサイボーグは泣かない。サイボーグが泣くことがあるとしたら、多分、その涙は機械オイルででもあるのだろう。

その泣かないはずの義体のおれが——

今日もまた、
ここに戻ってくる。

ここ。

ガブの臭跡が消えたあの交差点に。

なにかの巡礼ででもあるかのように。巡礼でありながら聖地《メッカ》がどこにあるのかそれを忘れでもしたかのように……

そして、その泣かない乾いた目で交差点を見まわすのだ。ガブはどこに行ってしまったのか、どこに消えてしまったのかを確かめたい一念で。

が、その願いがかなえられることはない。何を確かめることもできないし、何を知ることもできない。ガブは臭いさえも消して、その痕跡を完全に絶ってしまっている。ガブはどこにもいない。

傷ついた四本の車線が交叉する、穴だらけのさびれた交差点なのだった。ダウンタウンと郊外を結んでいる。大陸系のスラムが近いために車さえほとんど通らない。そのほとんど空っぽの交差点に発癌性信号灯だけが点滅している……

いや、発癌性信号灯以外にもこの交差点を照らしているものはある。彼方に聳《そび》える尖塔（戦闘）ビルのイルミネーションだ。

交差点の彼方《かなた》にパテ色の尖塔（戦闘）ビルが細い矢のように突き刺さっているのが見える。尖塔（戦闘）ビルの廃墟は街のどこからも見ることができる。この街の人間はけっして尖塔（戦闘）ビルがテロのターゲットにされて一瞬のうちに廃墟になったその経緯を忘れることができない。その爆発の赤い閃光を忘れることは許されない。それはすでにしてこの街のトラウマと化しているといっていいだろう。

尖塔（戦闘）ビルの頂上からは両側に翼のように装飾ワイヤが突きだしている。ときおり、その装飾ワイヤから稲妻イルミネーションの想像を絶するボルト数の青い閃光がほとばしる。歌うように。悲鳴のように。もう廃墟になってからすでに十年が過ぎようとしているのに誰もそのイルミネーションを消すことができずにいる。

ときおりその稲妻イルミネーションに照らし出されながらも、やはり交差点はあまりにも空っぽなのだ。ガブがどこに消えたのか、それを確かめることができずにいる。それなのにどうしてもガブをあきらめることができない。空っぽの交差点の、その空っぽであることを確認するために、飽きもせずに交差点に通いつづける。

そして、そこかしこの路地を覗き込む。ガブの名を呼ぶ。交差点にさしかかる人たちに声をかけてバセットハウンドを見かけなかったかを尋ねる。むろん路地にガブの姿はないし、バセットハウンドを見かけたという人もいない。

徒労というのも愚かしい。おれのその行為にしてからがすでに一種のトラウマなのかもしれない。

が、この夜は違った。この夜だけは違ったのだった……

5

尖塔（戦闘）ビルに稲妻イルミネーションが閃《ひらめ》いた。ビルの尖塔両側に突きだした装飾ワイヤがその放電のなかに翼のように浮かびあがる。

一瞬、その青い光に交差点が照らし出される。そして、そこを通過する戦車の姿を黒々と切り取った。

そう、戦車なのだ。一〇一式無砲塔型戦車。百二十ミリ砲を搭載しているが、その名のとおり砲塔がない。重量四十トン。全高は車長用の展望塔頂部までわずかに二メートルあまり。きわめて平たいフォルムをしているといっていいだろう。

別名、低可観測性戦車《ロー・オブザーバビリテイ・タンク》……人によっては端的にステルス戦車という言い方を好む者もいる。

敵に探知されるような電波、光、熱線、音を極力、出さないようにする。敵のアクティブ型センサーなどの反射を極力少ないように設計する……迷彩塗装がほどこされているのも、そのフォルムが極端に平たく設計されているのもすべてはそのためなのだ。

都市ゲリラ戦用途に設計された。二メートル余の車高は隠蔽《いんぺい》物の背後に容易に潜むことができる。待ち伏せ・攻撃《アンブッシュ&アタック》に優れている。むろん野戦データ・リンク・システムが搭載されていることはいうまでもない。乗員は四名だが、操縦し、敵を攻撃するだけのことなら一人でも十分可能だろう。

べつだん、おれは戦車のマニアというわけではない。戦車を見てその映像をネットで検索したにすぎない。瞬時のうちに情報を得た。こういうときにはこれでなかなか電脳というやつは便利にできている。

そうではあっても——

どうして、こんな時刻に戦車が街中を走っているのかまでがネットで検索できるわけではない。それはわからない。基地への帰還の途中なのか。あるいは輸送途中なのか……いずれにせよトレーラー輸送ができない何らかの理由があるのにちがいない。それで夜間、交通量の少ないこのルートを選んで戦車が走っているわけなのだろう。

尖塔（戦闘）ビルの稲妻イルミネーションが閃いて翼のような影を路面にくっきり落とした。一瞬、その翼のような影の真ん中に戦車の姿が刻まれた。なにか非常に禍々《まがまが》しい印象を受けた。稲妻イルミネーションが消えたあとにもその印象は変わらなかった。

戦車は交差点を横切ろうとしている。交差点には人もいなければ車も走っていない。まるで無人の荒野を赴くかのようだ。むろん信号灯の指示など無視しているのはいうまでもない。

「………」

おれはといえば路肩に立ってそれを見ていた。ガブを捜しに来て戦車に行き当たったわけなのだ。もっとも、そのこと自体には何の意味もない、何の意味もないはずだったのだが……

多分、おれは阿呆《あほう》のようにポカンと口を開けていたことだろう。なにしろ戦車というやつは圧倒的な存在感なのだ。その存在感をまえにしては人間であろうが義体であろうがただもう無力に沈黙するほかはない。

黙って戦車をやり過ごそうとした。それ以外にできることなど何もない。多分、戦車のキャタピラ音には何か催眠効果のようなものがあるのではないか。小刻みな震動音をただ放心して聞き入っていた。キャタピラ音はそのまま遠ざかって消えていくはずだったのに。

どうしたのだろう。キャタピラ音がふいに止《や》んだのだ。戦車が交差点の真ん中でとまった。それまでの騒音が静寂に反転した。しんと鋭く耳に突き刺さった。その痛いほどの静寂の底にかすかに戦車のエンジン音が響いていた。

——どうかしたのか。

おれはそのことを訝《いぶか》しんだ。が、それはほんの一瞬のことだった。エンジン音に重なるようにして聞こえてきたそれに思いが引き裂かれた。それ、イヌの悲しげな鳴き声に。そしてまた——

尖塔（戦闘）ビルの稲妻イルミネーションが閃いたのだ。その閃光のなかにイヌの姿が浮かんで消えた。ずんぐりと肥ったイヌのシルエット……バセットハウンドか。そのようでもあり、そうでないようでもあった。おれはさらに胸を引き裂かれた。思わず声をあげていた。

「ガブ……」

またイヌがさらに悲しげな声で鳴いた。たしかにバセットハウンドではある。が、ガブではない。その鳴き声からガブではないことがわかった。それがわかっておれの胸のなかで何かがひっそりと萎《しほ》むのを感じた。萎んで枯れた。

——ガブ……ガブ……

胸の底でつぶやいた。そのつぶやきに苦い失望を噛みしめた。が、失望ばかりもしていられない。それどころではない。

というのも、そのバセットハウンドは戦車のすぐまえのところに身を伏せているからだ。非常にきわどい。キャタピラからわずかに三メートルとは離れていない。すれすれのところだ。

多分、交差点を渡ろうとして戦車に遭遇してしまったのだろう。恐怖のあまり身動きできなくなってしまった。ガブもそうだが概してバセットハウンドは臆病に生まれついている。戦車に出くわしてそれが途方もないモンスターに見えたとしても不思議はない。要するに腰を抜かしてしまった。

そのバセットハウンドは動けない。誰かが助けなければならないだろう。おれが？　勘弁《うかい》してくれないか。これはおれの出番ではない。それほど物好きではない。要は、戦車が迂回すればいいだけのことではないか。

そのときのことだ。誰かが声をあげたのだ。サンチョ、と聞こえた。多分、そのバセットハウンドの名なのだろう。交差点に人影が飛び出した。サンチョに向かって走った。

「サンチョ、サンチョ……」

懸命に呼びつづける。そして走る。

失敬ながら、お世辞にも颯爽《さっそう》としているとはいえない。どちらかというとヨタヨタとした無様な走り方といっていい。その走り方からかなり高齢なのがわかった。多分、栄養状態も十分ではない。それにこれは走り方には関係ないが非常に汚い。ホームレスではないか。

「サンチョ……」

飛びついて抱きしめた。そしてサンチョを戦車のまえから懸命に動かそうとする。

見るからに必死だったが、必死だからといって必ずしもそれが賢明なこととはいえない。多分、そのホームレスはサンチョの飼い主なのだろうが、飼い主が平常心を失えば、イヌのほうはなおさらパニックにみまわれざるをえない。動かそうとすれば、愚かしいまでの頑固さで、逆にその場に踏みとどまろうとする。ガブもそうなのだが、バセットハウンドは必ずしも目から鼻に抜けるほど利口な種類というわけではないのだ。

「サンチョよ、サンチョよ——」

老いたホームレスの声が悲しげに交差点に響きわたった。サンチョを動かすのに手こずっていた。

それでもものの五分もすればさしもの頑固にして愚かしいサンチョにしてもその場を動くはずだったのだ。動かざるをえない。イヌという生き物は最終的には物の道理がわかるようにできている。戦車の搭乗員はただそれを待ちさえすればいいはずだったのだ。

ところが——

そのとき戦車が揺らいだのだ。そのキャタピラがごとりと軋《きし》んだ。ほんの一刻みだけ動いたかに感じられた。わずかに前進した。

ほんのわずか、多分、距離にして十数センチというところだろう。取るにたらない微動といっていい。が、その微動の意味するところは明らかだった。

威嚇なのだ。これほど心おどらされる勇猛な光景はない。敵小隊を短時間に制圧するまでに圧倒的な力を持っているステルス戦車が——こともあろうに無力なホームレスとバセットハウンドを威嚇しているのだった。

また戦車がごとりと動いた。それに怯《おび》えてサンチョが悲しげに鳴いた。ホームレスの老人がその体をひしと抱いて何事か悲痛な声で叫んだ。

が、戦車をまえにしては、老人の叫びも、サンチョの鳴き声もあまりに無力というほかはない。戦車の装甲は無表情にそれらを跳ね返した。びくともしなかった。するはずがない。

むろん、たんなる脅しであったろう。まさか本気でイヌとホームレスを戦車で轢《ひ》き殺そうとするはずがない。が、威嚇にしても穏やかではない。はっきり異常といっていい。

それにしても戦車の搭乗員がどんな精神構造をしているのかが疑われる。たとえ威嚇であろうと無力なうえにも無力な相手を轢き殺そうとデモンストレーションすることにどんな意味があるのか。その冷酷さは尋常なものではない。いっそサディストと呼びたいほどではないか。

おれのなかで何かがうごめいた。怒りに似た何か、あらがい難い何か……おれの出番か。いや、そうではないだろう。そうであってはならない。懸命に自分を制した。

——おい、ちょっと待て。待たないか。

待たなかった。そのときにはすでに動いていた。

6

そう、おれは待たなかった。

が、だからといって、おれのことを買いかぶらないで貰おうか。おれはヒーローなどというがらではない。むしろ安易なヒロイズムなど軽蔑しているといっていい。

じつのところ、このときにも足を踏み出したとたんに、もうそのことを後悔していたほどなのだ。

——おれは何をしようとしているのか。

そう自問するのも愚かしい。そもそも何もできるはずなどないのだ。ステルス戦車は老いぼれてガタのきた義体《サイボーグ》などに立ち向かえるような生やさしい相手ではない。というか四十トンの鋼鉄の塊《かたまり》は誰にとっても手に余る代物だろう。ウイスキーのつまみにオイル・サーディンの缶詰を開けるようなわけにはいかない。

そのときのおれはショット・ガンはおろかハンド・ガンさえ持ちあわせていなかった。なにが確実といって素手で戦車に立ち向かうほど確実な自殺方法もないだろう。何しろ、おれの行為は軽率に過ぎた……そのことを後悔しながら戦車に向かって歩いた。

戦車には可動式のヘッドライトが二灯積載されている。そのヘッドライトがおれが近づいていくにしたがって動いた。まるでおれを見すえようとでもするかのように。

二条の明かりがおれのうえに交叉した。おれの体を否応なしにそこに縫いとめる。開猟期のカモになった気分だ。無防備に相手に姿をさらしている。むろん非常に気分がいいというわけではない。

車体の隅に十二色のホログラフが躍《おど》っていた。十センチほどの大きさだ。プレイボーイのピンナップ・ガールだろうか。その剝《む》き出しのバストがゆさゆさと揺れている。誇らしげなまでに、あるいは獰猛《どうもう》なまでに……

Breast Tank

と書かれた飾り文字がネオンのように点滅していた。ブレスト・タンク。多分、戦車《タンク》とミルク・タンクの両方の意味にかかっているのだろう。そういうことなら、これからこの戦車のことをブレスト・タンクと呼ぶことにしようか。いずれにしろ、あまり洗練された趣味とは言えそうにはない。いっそ下品というべきか。

おれはブレスト・タンクのまえで立ちどまる。そして大きな声で――しかし、可能なかぎり穏やかに――、やめろよ、と言う。

「年寄り一人とイヌ一匹を戦車で脅したところで始まらないんじゃないか」

おれの声は戦車外にセットされた集音マイクが拾っているはずだ。ブレスト・タンクの搭乗員の耳に届いているだろうことは間違いない。

だが、ブレスト・タンクは何の反応も示そうとしない。ピクリとも動こうとしないのだ。ホログラフが消えたのがかろうじて唯一の反応といっていいか。一瞬、その巨大なバストがピンク色にけぶって、おれの視覚サイトに残像を刻んだのだったが――

それ以外には何の反応もない。ブレスト・タンクは沈黙したままだ。発癌性信号灯の明かりに映えて冷たい光を放っている。その印象は冷酷の一言に尽きた。

もっとも下手な反応なら、いっそないほうがましというものだ。戦車を相手にするのは冗談事では済まない。なにしろ戦車には重機関銃が装備されているのだ。必要とあらばその銃口は何の躊躇《ちゅうちょ》もなしに、おれに向けられることになるはずだった。

それはたんなる杞憂ではなかった。現実に、車体に装備された重機関銃がおれに向けて角度を転じている。気がついたときにはおれはその銃口を正面から覗き込んでいた。いずれにしても非常に愉快な体験とは言いがたい。

「…………」

胸の底で緊張がチリチリと震えていた。その緊張はガラス細工のように繊細で毀れやすい。毀れればそれは容易にパニックに形を変えるのにちがいない。ここで下手にパニックにかられようものなら重機関銃の射手を刺激することになるだろう。

重機関銃の射手の視線を痛いほどに覚えていた。射手の指がうずうずしているその感覚を我がことのように感じていた。おれの喉《のど》は渇きに渇いていた。

じつのところ、おれにしたところでバセットハウンドと大差はないのだ。愚かしいし臆病でもあるだろう。戦車に捨て身で立ち向かう勇気などあるわけがない。こうなってみても自分で自分のしていることが信じられないほどなのだ。

要するに、気がついたときには足が勝手に動き出していた。なにも冷静に前後を判断してのことではなかった。軽率であるし、それ以上に無謀でもあったろう。

もちろん、まさか街中でいきなり軍の戦車が民間人を襲う、などということがあろうはずがない。搭乗員が何を考えているのかはわからないが、そんなふうに老いたホームレスとその飼い犬を脅しているのは、たんなる悪ふざけにすぎないはずだ……そうした計算を無意識のうちに働かせてはいたろう。おれにもそれぐらいの計算はある。

が、それ以上に、何かそうすることがガブに対する贖罪《しょくざい》になるのではないか、という気持ちが働いたのは否めない。同じバセットハウンドを助けることは何がなしガブへの罪の償いをすることになるのではないか。

——罪の償い？

何の気なしに胸のなかでつぶやいた言葉だった。それが思いがけないほどの痛みをともなって胸の底に響いた。

——おれには何か罪を償う必要があるのだろうか。

はっきりとは自覚していなかったが、おれはどうやらガブに対して何か罪悪感を覚えているようなのだ。心のなかで自分のことを無垢《イノセンス》とは感じていない。ガブに対して何か罪があると感じている。だからガブはおれのもとから逃げたのではなかったか。わからないのは——そう、わからないのは、それがどんな罪であるかというそのことだ。あるいはわかっているのに自分を偽ってわからないふりをしているだけなのかもしれない。おれに罪があるとしたら、多分、それはガブがおれに対するほどには、おれはガブのことを愛さなかった、というその一点に尽きるだろう。

おれの粗雑な電脳には愛という観念はあまりに抽象的にすぎて把握が難しい。おれには愛というものがわからない。おそらく、そういうことだ。

ヤスタカは義体《サイボーグ》にも魂《ソウル》があるという。が、そのことに関してのみは、おれはヤスタカを信じない。義体《サイボーグ》にあるのはゴーストであって魂《ソウル》ではない。ゴーストはどこまでいってもゴーストであり、そこに愛という観念が宿ることがあるとしたら、それはやはり愛の亡霊にすぎないだろう。愛とは似て非なるものなのだ。

おれの電脳は初期化された。それでガブは、おれの愛が襤褸《ぼろ》をまとったカカシのように無惨に痩《や》せこけて実体のないものだということを見抜いてしまった。そこにガブが見いだしたのは微弱な、あまりに微弱な閉ループにすぎなかった。それは愛と呼ぶにはあまりに貧弱なものでありすぎた。ガブはそのことに絶望してそれでおれのもとから逃げ出したのではないか。だとしたら……

――おれはガブに対して罪がある。ガブに対して無垢《イノセンス》ではありえない。おれはガブを十分に愛することができなかった。ガブがおれを愛してくれたほどには……

胸の深奥に刺すように鋭い喪失感が兆した。その喪失感は激しい悲しみに包まれていた。一瞬、自分が戦車のまえに立っていることを忘れた。うなだれた。

そのうなだれた視線の先に重機関銃の銃口が覗いていた。多分、そのときのおれには、死神の黒い瞳のようなその銃口こそが、唯一、ふさわしいものであったろう。

おれの安っぽい愛には十二・七ミリの機関銃弾こそが似つかわしい。それ以外におれの愛に値するものは何もない……

7

そのときのことだ。思いがけないことが起こった。それまで地面にうずくまって、ただもう無力にバセットハウンドを抱きしめていた老人がふいに立ちあがったのだ。怒りを込めて、と言おうか。そのゴマ塩の不精髭を震わせて罵声《ばせい》を張りあげた。「何てことをするんだ。この罰当たりめが――」

そして背後からおれの肩を摑んで自分のもとに引き寄せたのだ。放心しきっていたおれはヨロヨロと背後によろめいた。年寄り相手に、だらしないといえば確かにだらしないだろうが、それこそ予想もしていなかったことなのだ。ふいをつかれた。とっさに自分の身に何が起こったのかそれさえ理解できなかったほどだ。

気がついたときには老人と位置が入れ替わっていた。いまブレスト・タンクのまえに立ちはだかっているのはおれではなしに老人のほうなのだ。

「戦車に乗ってるのが」老人はわなわなと全身を震わせていた。絶叫を放った。「そんなに偉いのか」

老人は体を戦車に投げ出すようにした。そして両の拳《こぶし》を振り上げて車体を殴りつけた。それも二度や三度ではない。思い切り力を込めて何度も繰り返したのだ。凄まじいばかりの怒りだった。

なにしろ爆発反応装甲と呼ばれ成形炸薬弾頭防御に絶大な防御力を誇る超合金鋼なのだ。異常に硬い。それを素手で殴りつけたのでは拳を痛めることになるのは当然だった。

案の定、老人の拳からは血が噴き出してきた。その血が戦車のボディに飛び散った。皮膚が裂けるだけではない。その調子で殴りつづけたのではそのうちに骨が折れることにもなりかねない。

が――

「この野郎、この野郎……」

それでもかまわずに戦車を殴りつづけている。見るに見かねた。おれは慌てて老人を戦車から引き剝《は》がそうとしたが逆に突き飛ばされてしまう。さらに喚《わめ》いた。

「何だ、この野郎。戦車に乗ってるのがそんなに偉いのか」

要するに老人は怒っているわけなのだ。それも並の怒りではない。激怒していた。多分、その怒りは戦車に対してのみ向けられたものではない。これまでの自分の理不尽な人生そのものに対して怒り狂っていた。つまりは運命に対して猛烈に怒っていた。

さすがにブレスト・タンクのほうもこれには鷹揚に無反応にかまえるというわけにはいかなかったようだ。ものにはおのずから限度があるということか。

モーターの作動音が響いた。重機関銃がその角度を微調整して動いた。その銃口をぴたりと老人に擬《ぎ》した。文字どおり重機関銃を老人の胸に突きつけた。

「…………」

それを見て首筋のあたりが氷のように冷たくなるのを覚えた。重機関銃が作動すれば老人の体は無惨に引きちぎられてしまうだろう。決して冗談事ではない。それこそ挽肉《ミンチ》のようにされてしまう。

しかし、そのことすら老人の頭にはないらしい。戦車のボディを両の拳で連打しつづける。

全身全霊を振り絞って怒り狂っていた。いっそ聖なる怒りといっていい。こうなってしまったのでは何物もその怒りを抑えることはできそうにない。行き着くところまで行くしかないだろう。

「爺さん、相手が悪すぎるぜ。それぐらいにしておいたほうがいい――」おれは老人を背後から抱きしめようとしたが今回もあっさりと振りほどかれてしまう。なにしろ尋常な力ではない。

おればかりではない。サンチョも老人のまわりをうろうろして悲しげに鳴いているのだが、愛犬さえも老人の怒りを制止することはできなかった。

多分、これにはブレスト・タンクの搭乗員も閉口したのにちがいない。いくら性悪の人間にしてもまさかホームレスの老人を戦車で轢き殺すわけにはいかないではないか。

いきなり戦車のエンジンが咆吼した。その背後から砂埃《すなぼこり》がもうもうと舞い上がった。可動式のヘッドライトがその砂埃を斜めに薙いだ。動いた。

履帯《キャタピラ》が車道に逆転した。舗装路面が罅《ひび》われる音が響いた。ガラスの砕ける音に似ていた。ブレスト・タンクはいったん後退し切り返した。そして方向を転じると――老人を避けて――前進した。

そのまま夜の街を遠ざかっていった。背後から見るとヘッドライトの二灯が車体のかげにX字型に延びていた。それが両手をあげて降伏しているようにも見えた。事実、ほうほうの体《てい》で退散したと言ったほうがいいかもしれない。戦車は街に消えた。

あとには老人の勝利を誇る雄叫びとサンチョの歓喜の鳴き声が響きわたった。

おれはどうか？　おれはといえば――

老人やサンチョのように手放しで喜ぶことはできなかった。無邪気にそうするにはあまりに疑問が多すぎた。深刻な疑義にかられていた。その最たるものはあの戦車はどこからやってきたのか、というそのことだった。

おれはハリウッド・ムービーの脳天気なヒーローではない。怪しい戦車が登場すれば、それと戦うのを考えるより先に、まずその所属を突きとめようとする。現実の人間は――おれの場合は義体《サイボーグ》だが――ＣＧともワイヤ・アクションとも関係がない。素手で戦車と戦えばまず無傷では済まない。あとでバラバラになった五体を拾い集めることになるのが関の山だろう。

あの素子《もとこ》にしてからが生身で戦車と戦ったために八割がた毀れてしまったのだ。そんな無謀なことに挑むより、まず戦車の所属先を突きとめて、公安九課の上層部から厳重に注意して貰うほうを選ぶ……そのほうが賢明であるし、より現実的なことでもあるだろう。当然のことではないか。

ましてや、おれには電脳があって、いつだって瞬時のうちにネットにアクセスできる。戦車の所属を検索するぐらいは非常に容易なことといっていい。だから、そうした。その結果、わかったことは――

あのブレスト・タンクはどこにも所属していないというそのことだった。こんなことがあるだろうか。あの戦車に該当し、検索にヒットするものはただの一件もなかった。

まるで夢のなかの出来事といっていい。総量四十トンにも達する戦車が、まるまる一台、どこからか幻のように現われ、幻のように消えてしまったわけなのだ。この世にどこの部隊にも所属しない戦車などというものがあっていいものか。

が、そのことはそのこととして、おれの最大の疑問はべつのところにある。疑問というか、疑惑というべきか。それはあの戦車はおれを目標《ターゲット》にして姿を現したのではないか、ということだ。老人が連れたバセットハウンドとの間にトラブルが生じたのはたまたまのことで、ブレスト・タンクの搭乗員の狙いはあくまでもおれにあったのではないか。

自意識過剰と誹《そし》られることになるのは覚悟のうえだ。その非難は甘んじて受けよう。しかし、たしかにおれは戦車の搭乗員の視線が自分に据えられているのをひしひしと感じていたのだ。その視線の執拗さは異常といっていいほどで、なにかモノマニアックなものさえ感じられたほどだった。それは断じておれの自意識のなせる妄想などではない。

だが――

どこの誰が、どうしておれなどのために戦車など出動させる必要があるのか。おれはたんなる公安九課のエージェントで、いまだかつて戦車に狙われるほどの重要人物になった覚えはないし、これからもそうなる気遣いはない。それがどうして?

8

また尖塔（戦闘）ビルの装飾ワイヤが閃いて発癌性信号灯がともった。

なにか呪縛が解けでもしたかのように交差点に車が出てきて人が出てきた。いくら大陸系マフィアのスラム街が近いからといって、この時刻に四車線の交差点が空っぽになったりするはずがない。そんなことはありえない。

多分、バセットハウンドが戦車に轢き殺されそうになるという異常な事態に接して、おれの神経サイトがフリーズしてしまったわけなのだろう。それ以外の情報を寄せつけなくなってしまった。現実に、交差点にさしかかった通行人、ドライバーたちがそれを固唾《かたず》をのんで見まもったということもあったかもしれない。そうしたことが重なって、交差点が無人になったかのような印象を受けることになったのか。

いったん戦車が立ち去ってしまえば、いつものように交差点には車が行き来し、ひっきりなしに人が行き過ぎる。おれもその流れに乗って交差点を立ち去ろうとした。

考えるのはガブのことだ。

ガブの臭跡はこの交差点で消えてしまっている。警察犬《ポリスドッグ》の訓練された鼻さえもここから先はガブのあとをたどることはできなかった。要するに、さらにガブのあとを追おうとすれば、おのずからべつのアプローチが必要になるということだろう。それにはどうすればいいか……

そんなことを考えながら、交差点を渡ったおれに、背後から声がかかった。

「ありがとう。おかげで助かったよ」

あの老いたホームレスだ。サンチョを連れて歩道でおれのことを待っていた。すでにあの激昂《げっこう》はおさまっているようだ。その笑顔は穏やかとさえいっていい。

いや、とおれは曖昧に首を振って、言葉が足りないことに気がついて言い添えた。

「おれは礼を言われるほどのことは何もしていない。あんたが自分のイヌを助けるのをただ見てただけだ。むしろ礼を言わなければならないのはおれのほうだ」

「ほう」

老人はおれを見て笑う。汚れた顔に皺《しわ》が深い。いま気がついたが非常に威厳のある顔だちをしている。聡明そうでもあって街の哲人という印象がある。

「どうして、あんたがわしに礼を言わなければならないのかね」

「おれもバセットハウンドを飼ってるんだ。バセットハウンドが大事にされてるのを見ると嬉しい」

自分ではそんなつもりはなかったのだが、老人はおれの口ぶりに何か尋常ではないものを聞きとったようだ。眉をひそめると、あんたのバセットハウンドがどうかしたのかね、と訊いてきた。

「いなくなった」できるだけ、さりげない口調を装ったつもりだが、必ずしも成功しなかったようだ。「だから捜している」

老人はおれを見た。「そのイヌの名は何というのかね」

「ガブ」

「天使ガブリエルのガブ？」

「そのつもりだった」

「なるほど、あんたはガブのことを可愛がっていたんだ」

「そのつもりだった」まえにも増して、さりげない口調を装おうとしたが、今回も成功しなかった。苦い響きがこもった。

「どうして、そのつもりだったなんてことを言うのかね。ガブのことを可愛がっていたのかいないのかはあんたが一番よく承知しているはずじゃないか」

「おれにはもうその確信がない。おれが本気で可愛がっていれば、ガブはあんなふうにして、おれから立ち去ることはなかった」

「そんなことはないだろう。イヌは人間の最良の友というじゃないか」

「だからといって人間がイヌの最良の友ということにはならないんじゃないか。ましてや、おれは——」

人間でさえない、義体《サイボーグ》なんだから、という言葉は口のなかで濁した。その言葉はあまりに自己憐憫《れんびん》に湿り過ぎていて、さすがに大の大人が口に出すのはいささか気がひけた。

人が何かを愛するときには脳内に一種のエンドルフィンが分泌される。電脳の結晶構造においては、その神経ペプチドが数式に変換され、それが生体《フレッシュ》の神経伝達物質に擬似的な作用をもたらす。それが愛であれ、怒りであれ、そもそも数式に変換されるような感情が感情の名に値するものであるかどうか……いずれ義体はその疑問に行き当たらざるをえない。

ガブに立ち去られてからというもの、おれは自分自身に対して深刻な疑問にさらされるようになっている。おれはガブを十分に愛したつもりだったが、義体《サイボーグ》の感情はどこまでいっても擬似的なものでしかないのではないか。当然、その愛も擬似的なものにならざるをえない。だとしたら、

――おれはどこまで数式に支配されているのだろう。おれはどこまでおれでありうるのか。おれは何なのか。

そうした疑問にかられるのは当然のことだろう。おれはその疑問に打ちのめされて沈黙してしまう。

老人はうずくまるとサンチョの体に腕をまわした。サンチョは老人に身を寄せてきた。老人はサンチョの体を撫《な》でさすりながらそんなおれのことを興味深げに見つめている。

「ましてや、あんたは」そして慎重に訊いてきた。「何なのかね」

「いや」

おれは曖昧に首を振る。何を言ったらいいのかわからない。言うべき言葉を知らない。それに応じるかわりに逆に聞き返した。

「おれのイヌのガブという名は天使のガブリエルから取った。もしかしたら、あんたのイヌ

のサンチョという名は、あのサンチョのことなのか」

老人はおれの顔を見た。そして、ああ、と頷いた。「そうだよ」

「どうしてそんな名をつけたんだろう」

「それはわたしがあの男だからだよ。ラ・マンチャの男だからだよ。わたしはドン・キホーテなのさ」老人はクスクスと笑ったが、その笑いにはどこか悲哀の響きが感じられるようであった。「わたしは妄想のなかに生きているのさ。卑《いや》しいこの現実世界には生きていない。生きることができない。妄想のなかに生きている。そして捜しつづける」

「捜しつづける——何を？」

「わたしが戦うべき妄想の巨人を。馬を駆って突進すべき幻想の風車を——」一瞬、老人の顔に崇高《すうこう》な表情が宿ったように見えた。汚れに汚れたその顔が輝かしい誇りに包まれたように見えた。

「戦うべき妄想の巨人を……突進すべき幻想の風車を……」

9

そのときのことだ。老人がふいに、ああ、というような声をあげたのだ。数歩あとずさって、おれの顔をまじまじと見つめた。そのときに老人はおれに関して何事か気がついたのだと思う。

おれが義体《サイボーグ》であることに気がついたのだろうか……多分、そうだ。しかし、そればかりではないと思う。おれの勝手な思い入れかもしれないが、たんにそんなことに気がついたぐらいのことで、この老人がこうまで大仰な声をあげるはずがない。おれはこの老人には何か街の哲人めいたところがあると言いはしなかったか。

老人は、一瞬、おれの顔から目を逸《そ》らした。多分、おれに向かって何を言うべきかを考えたのだろう。そして慎重に一語、一語、言葉を選ぶようにして言う。「最近、しばしば飼いイヌが行方不明になるという話を聞いた。人々の大切にしている飼いイヌが何の痕跡も残さずに消えてしまうのだという。それも十匹や二十匹のことではない。何百匹ものイヌが街から消え去っている、そういう話を聞いたことがあるかね」

おれは、ああ、と頷いた。「ある」

たしかにある。しかし頻発する凶悪犯罪に追われて警察はそのことの調査に本格的に乗り出せずにいる。したがって飼い犬が攫《さら》われる事例がどれほどの範囲でひろがっているのか、どれほどの件数に上るか、その正確なデータは出されていない。いまのところは都市伝説の域を出ていない、といってもいいだろう。

「一説には何かの大がかりな集団が組織的にイヌたちを攫っているのだという。もしかしたら、あんたのバセットハウンドもその組織に攫われたのかもしれない。その可能性はある。そうだろう」

「ああ」もちろんガブが誰かに攫われたという可能性はある。どんな可能性だってある。この世にあり得ないことなど、何もない。

「どこかの組織に何百匹もの飼いイヌが攫われているのが事実として、それはどうしてなんだろうか。どうしてあんたのイヌを攫う必要があったのか」

「どうしてかって何が？」おれは老人の顔をじっと見つめた。「質問の意味がつかめないよ」

「その連中にわざわざ飼いイヌを攫う必要がどこにあるのかね。いまは多少の手間と費用をかける気になればイヌなどそれこそ何百匹でも容易に入手することができる時代じゃないか。大陸から輸入してもいい。それなのにどうしてこの連中はわざわざ飼いイヌを攫ったりしているのか」

「そのことに何か理由があるんだろうか」

「ああ、あるんじゃないかと思うね」

「…………」

「これは確認されたことじゃない。街の噂にすぎんよ。だが、一説には、その連中が必要としているのは、たんにイヌというだけではなしに、愛されているイヌでなければならない、ということらしい」

「愛されているイヌ……」おれは口のなかでつぶやいた。

なにか胸のなかがギュッと締めつけられるようなのを覚えた。ほとんど物理的な痛みさえ感じた。どうしてかはわからない。わかりたいとも思わない。多分、内心ではそのことをわかるのを恐れている。

「わたしの若いころにはアンドロイドと言ったものだが……いまはそうは言わないようだね。何と言ったか——」老人が独り言のように言う。

「ガイノイド」

「そうそう、ガイノイドだ」老人は満足げに頷いて、「これは人から聞いた話だが、ガイノイドをより人間に近づけるためには、その電脳に情動を付加しなければならない。人間の場合、外界からの刺激、入力に反応し、自律神経系や内分泌系が働いて、外部環境に適応する。これが情動だ。情動のないところには感情も生まれなければ知性も生まれない。電脳は外部環境に反応するばかりではなしに、何といえばいいか、そう、そのなかに情動の内的環境も構築してやらなければならない。それにはどうすればいいか」

「………」

「何でも現在のガイノイドの電脳では、人間の体内で分泌される四種類のホルモンに相当するホルモン・パラメーターが設定されているらしい。快・興奮性のドーパミン、不快・抑圧性のアドレナリン、快・興奮性のエンドルフィン、不快・興奮性のノルアドレナリンの四種類だったかな」

「………」

「ホルモン・パラメーターばかりではない。電脳のなかにはさらに二十種類の内分泌系モデルのセンサも設定されている。この二十種類の自己保存評価関数がパラメーターとして使われる。これらがガイノイドの電脳に内的環境として設定されているわけなのだが……それでも電脳に情動を付加するのには不完全だといわれているらしい」

「……………」

「どんなパラメーターを設定したところでそれは本物の情動とはいえない。それはしょせん造り込みの情動でしかないのではないのか……ガイノイドの制作者たちはいかにして電脳に本物の情動、本物の内的世界を構築するかに悩んだ。悩んで、悩んで、悩み抜いたすえに目をつけたのが──」

おれは言った。「イヌ……」

10

老人は、そう、イヌだ、と頷いた。

「なにしろイヌは非常に感情にとんだ生き物だからね。多分、喜怒哀楽ということなら人間より遥《はる》かに豊かといっていいだろう」

「……………」

おれは何も返事をしなかった。その余裕がない。おれが考えていたのはガブのことだった。それ以外のことは何も考えていなかった。

「イヌはどんな生き物よりも愛情深いし嫉妬《しっと》深い。であればイヌの脳をそのまま超並列・分散処理のニューラル・ネットワークに組み入れてやればいいのではないか。そうしてやればガイノイドの電脳に内的環境を構築することも容易なのではないか」

「…………」

「わたしの言いたいことがわかるかね。多分、あんたのイヌは攫われた。ガイノイドの製造メーカーに秘かにイヌを売りつける窃盗団がいるのではないかと思う。彼らの攫うイヌは飼いイヌで、しかも愛情に恵まれていることが必要だ。あんたのイヌが攫われたのであれば、それはとりもなおさず、ガブはあんたの愛情に包まれていたということを意味しているんじゃないか。そうじゃないかね」

ガブの鳴き声が聞こえた。そう思った。そうではなかった。そんなはずがない。鳴いているのはサンチョなのだ。

何を思ったのかサンチョが遠吠えした。サンチョの鳴き声だと知りながら、しかしそれをガブの吠える声だ、と思うことにした。ガブがおれのことを呼んでいる、とそう思うことにした。ガブがなにか悲しげにおれのことを呼んでいる……

サンチョは二、三度、遠吠えして、すぐに鳴きやんだ。それにじっと耳を傾けていた老人が静かに言った。

「多分、ガブはあんたの電脳が初期化されたために一時的にあんたの魂《ソウル》を見失ってしまったのではないか。たんなる事故だよ。それはあんたがガブを愛していたかどうかということとは何のかかわりもないことだ」

「…………」

おれは目を瞬《しばたた》かせた。あらためて老人の顔を見つめた。おれは自分の電脳が初期化されたことを老人に告げたろうか。そのことがわからずに混乱した。多分、そう、多分、言っていない……

「あんたは」そのときのおれの声には畏怖《いふ》の響きがあったはずだ。「誰なんだ」

「わたしかね。わたしはただの老いぼれのホームレスさ。それ以上でも以下でもない」老人は笑った。

ただの老いぼれのホームレスであるはずがない。が、それでは何か、と問われても、おれには答えようがない。

「飼いイヌが何百匹も」話を変えるほかはなかった。「攫われているのはガイノイドのせいだというのか」

「それはわからんよ。断定はできない。それはわたしにも何ともいえない」老人が静かな口調で言う。「だが、それを知りたければ、あんたのガブを捜すことだ。ガブを捜して捜して捜しつづけることだ。そうじゃないかね」

返事をしようとしたそのときに視覚サイトに通信ウインドウが開いた。

意外な相手からの連絡だった。アンドウが入院している病院からなのだ。その事務局からの連絡が入ってきた。

事務局の女性はきわめて冷静に手短に話を進めた。アンドウが病院側の許可を得ずに退院してしまったのだという。今朝、病室にいなかった。

「どこに行ったのでしょうか」とおれは訊いた。

「さあ」女性は冷淡というより端的にそのことには何の興味もないらしい。「それはわかりません」

　べつだん病院側はそのことで怒っているわけでも困惑しているわけでもない。そもそも病院の知ったことではない。ただ退院の処理をするのには、あれこれ事務的な手続きを必要とするから、保証人のおれに来て欲しいというのにすぎない。それも絶対に来て欲しいというほどのことではないようだ。

「どうなさいますか。何でしたらメールで必要書類をお送りしますが――」

「………」

　どうするか？　一瞬、迷った。

　むろん病院側がそうするように冷淡にふるまうことはできた。アンドウが入院するときに保証人を引き受けはしたが、保護者になるのまでは引き受けた覚えはない。大の男が勝手に病院を引き払ったからといって何もおれがその後始末までする必要はない。これまでの入院費を負担しただけでアンドウへの償いは十分に済んでいるはずなのだ。

　そのときアンドウの言葉を思い出すことがなければ、多分、おれは病院には行かないとそう言っていたろう。おれはもともとが冷淡な男で、冷淡なふるまいこそがよく似合う。が、思い出してしまった。

――名前も知らない人間からほどこしを受けるわけにはいかない。いまのぼくは運から見放されている。だけど、いつかはつきが戻る。そしたら、あんたにこのお礼がしたい、と思っている……

かすかに胸の底が疼《うず》いた。どこか悔恨に似た思いだった。おれにはあまりに悔やむことばかりが多すぎる。

「わかりました」おれは言った。「すぐにうかがいます」

そう言って通信ウインドウを閉じた。そして、そのときになって初めてあの老人の姿が消えていることに気がついたのだ。もちろんサンチョの姿も一緒に消えている。

「…………」

おれは老人の姿を目で捜した。が、老人とイヌはどこかに消えていた。

尖塔（戦闘）ビルの装飾ワイヤが青白い閃光を放った。その閃光のなかに老人の声が聞こえた。その残響だけが遠のいていった。あるいは幻聴だったろうか。

――悪いことは言わない。あんたもあんたの妄想の巨人を捜すことだ。あんたの幻想の風車を捜すことだ……

喪失感だけがあった。それ以外には何も残されない。

After The Long Goodbye

Chapter 3

そして沈黙の音に触れた

And touched the sound of silence

1

おれは夢のなかで夢から覚めれば消えてしまうはずの息子と一緒に公園を歩いていた。夢のなかで夢から覚めれば消えてしまう息子なのだ、とそのことを十分に承知しながら……

おれと息子は大学付属の病院に向かうところだった。息子の手を握って公園を歩いていた。夢のなかなのに、これから向かう大学・付属病院の「生体臨床医療工学部」という長ったらしい名称が意識の底に刻みつけられていた。

「おまえは夢から覚めれば消えてしまう。おまえのことを忘れてしまう」おれは息子に言った。「だけど、おれはおまえに消えて欲しくない。おまえのことを忘れたくないのだ。だから……」

おれはそこで言葉を切った。だから何なのか？　ふと言葉が宙に漂う感覚があった。一瞬、自分が何を言うつもりだったのか忘れてしまった。視線が公園をさまよう。

公園はすっかり秋に色づいていた。モミジは赤に、イチョウは黄に染まって、やわらかに、しかしどこか強靭《きようじん》に、秋の日射しを撥《は》ねていた。その日射しのなかに微《かす》かに葉脈が透けて見えた。

落ち葉が光って舞っている。歩道に灰のように積もっていた。風が吹くと落ち葉がサラサラと音をたててたがいに上になり下になりして移動するのだ。その風を冷たいと感じることはなかった。

「だから、おまえのことをおれの電脳の記憶バッファにインストールしてもらうことにした。そうすればおまえは永遠におれのなかから消えることはない。おまえのことは永遠に忘れない」

おれは素子もガブも失った。だから、せめておまえだけは失いたくないのだ、とこれは胸のなかでつぶやいた。多分、これは息子に言うべきことではない。誰に対しても言うべきことではないのだろう。

「人間《フレッシュ》の脳では化学伝達物質が分泌されている。義体《サイボーグ》の電脳では伝達物質を分泌することはできない。だからそれらは数値データ化される。そのことは知ってるな」

息子は黙ってうなずいた。握っている手を通じてその気配がかすかに伝わってきた。

「その化学伝達物質のなかにエンドルフィンという物質がある。エンドルフィンは鎮静剤が結合するのと同じ受容体のいくつかと結合する神経ペプチドだ。モルヒネやヘロインなどの鎮静剤だよ。しあわせを伝達する物質といってもいいかもしれない。そのエンドルフィンも電脳の閉ループ内に数値データ化されて格納されている。おれはおまえのことを思い出すたびにエンドルフィンのデータが起動されるようにセッティングしてもらうつもりでいるのさ」

「どうして」それまで黙っていた息子が初めて口を開いた。「そんなことをするの」

「もちろん、しあわせな気持ちになりたいからに決まっている。おまえを思い出してしあわせになりたいからなのさ」おれは息子の手を握っている手にひときわ力を込めた。

「だけど、ぼくのことはパパの記憶バッファにインストールされてるわけでしょ。それで、ぼくのことを思い出すのと同時にデータ化されたエンドルフィンが起動するようにセッティングされてるわけなんでしょ。それでしあわせになったとしても、すべては数値化されたデータの集積結果にすぎないわけだよね。そんなことに何の意味があるの。そんなの、ぼくがいてもいなくても同じことじゃないの。ねえ、パパ、そうだとしたら、本当のぼくはどこにいるの？」

「おれの思いのなかに。おれのおまえを大切にしたいという思いのなかに……」そこで舌がもつれるのを感じた。どうしてそこで言いよどんだのかそれは自分にもわからない。おれのなかに何か精神的な障壁のようなものでもあったのか。「おまえはいる」

「…………」

　返事はなかった。返事を待ちながら歩きつづけた。歩きつづけているうちに自分がいつのまにか息子の手を放していることに気がついた。気がついたときにはおれの手から息子の温もりはとっくに失われていた。

「――――」

　おれは息子の名を呼んで振り返った。

夢のなかで夢から覚めれば消えてしまうはずの息子の名を——

多分、そのときにはもう目が覚めかけていた。たしかに息子の名を呼んだはずなのに目を覚ましたときにはその名が思い出せなかった。

振り返って息子の姿を捜す。どこにも息子の姿はない。誰もいない公園にただ枯葉だけが舞っていた……その枯葉もしらじらとした目覚めの意識のなかにしだいに薄れつつあるようだった。

目ざめるとき、おれの息子は枯葉になってしまったのだな、ふとそんなことを思ったのを覚えている……

2

……漠然と見覚えがある気がした。

しかし、じつは覚えがない。その少年は誰なのか。夢のなかの息子に似ているのだろうか。似ているようでもあり似ていないようでもある。

夢のなかの息子、夢から覚めれば消えてしまうはずの息子、不在の息子、おれの息子……

少年はひとりベッドに横たわっている。シーツが白い。カバーが白い。そしてそのシーツよりもカバーよりもその少年の顔はさらに白い。目を閉じているためにその年齢の見当がつかない。十五歳から十八歳のあいだというところか。

少女のように繊細で美しい顔だちをしている。その顔が青ざめているためになおさら繊細さがきわだって見える。いまにも砕けそうなガラス細工のように。

たんに眠っているにしてはその表情があまりに硬すぎる気がする。人形めいた印象さえある。人形だとしたらこの人形はすでに毀れてしまっているのではないか。毀れて捨てられてしまった……

その記憶コピーからだけではどうにも判断のしようのないことだが、そこはどこかの病室のように見える。そうだとしても、それがどこの病室で、少年がどうして入院しているのかまではわからない。ましてや少年の容態が重いのか軽いのかなどは見当のつけようもない。

これはアンドウの電脳の結晶素子に残された映像記憶をそのままダウンしたものなのだという。精神科での治療経過においてメディカル・ディスク《MHDD》に転写されたものがたまたま残されていたらしい。

そう、アンドウは主に精神科で治療を受けていた……

アンドウには解離性障害が顕著であったらしい。そのことが彼をして健常な日常生活を営ませるのを困難にさせていた。ついにはホームレスにならざるをえなかった。そういうことらしい。

解離性フラッシュバックという症状が頻発していた。音や色、臭いなど……過去に共通する感覚刺激が引き金になって、トラウマ体験がいま現在起こっていることであるかのように再体験される。それ自体はさしてめずらしい症例ではない。むしろ、ありふれた症例といっていいだろう。問題は――

当の医師たちにもアンドウのトラウマ体験が何であるのか、それを突きとめることができなかったというそのことなのである。

そのためにアンドウの電脳に残されていた映像記憶がキャプチャされて加工処理されることになった。

この映像記憶はアンドウが解離性フラッシュバックを起こすたびに更新されていたものだという。いわばトラウマ体験の核をなすものであるらしい。

アンドウはこの映像記憶にある「眠っている少年」に対して何か非常に深い罪悪感のようなものを抱いていた。そのことが解離性フラッシュバックを起こす引き金になったといっても過言ではない。

むろん人における映像記憶というものがつねにこれほど鮮明なものであるわけがない。これはあくまでもキャプチャ処理されて加工編集されたものであるにすぎない。いわば擬似的な映像記憶にとどまるといっていい。

この映像記憶が全体にどこか微妙にリアリティを欠いて見えるのはそのためだろう。どんなにキャプチャ処理し、エッジを鮮明にしても、アンドウの罪悪感というバイアスを完全にデリートすることはできなかった。罪悪感、あるいはその深い悲しみを――

どうしてかアンドウは深い悲しみに胸ふさがれながらその少年の姿を見つめているようなのだ。痛々しいまでに深い悲しみ。その悲しみの名残《なごり》だけが映像記憶に消え残ったエフェクターのようにかかっている。それがこの映像記憶を客観的なものであらしめるのを阻《はば》んでいる。

多分、人は現実そのものを記憶にとどめることはできないのだろう。客観的な映像記憶などというものはありえないのかもしれない。電脳の結晶構造にコピーされた時点ですでにそれは現実そのものからはほど遠いものになっている……

アンドウは少年を凝視している。人の眼球は絶えず微動しているのだが、日常生活ではけっして意識されることのないこの微動が、映像記憶には正確に記録される。つねにぶれがある。そのぶれが、アンドウの深い悲しみの念とあいまって、この映像記憶に何か非常に不安定な印象をもたらしている。

この映像記憶を残してアンドウは病院から姿を消した。どこに去ったのかわからない。誰にも何も告げようとはしなかった。かろうじてその深い罪悪感と悲しみだけを残して――

おれはその映像記憶を自分の電脳にコピーした。そして、それを繰り返し視覚サイトに転写している。凝視しつづけた。

時刻設定が解除された記憶映像であるために、これがいつ記録されたものなのか、それを知ることができない。したがって、その少年が何者であるのか、それを突きとめる手掛かりが得られない。そのことが残念でならない。しかし。

少年が何者であるのかわからないのと同様におれにはアンドウが何者であるのかもわからない。

――アンドウよ、おまえは誰なんだ。どこに消えてしまったんだ……

気がつくと胸のなかで問いかけている。むろん、その問いに答える声などあろうはずがない。おれは孤独に一人芝居を演じているにすぎない。いつものように、と言おうか。が、いつにも増して、そのことに喪失感が深い。自分でも意外なほどに。しかし、それはどうしてなのか。

なるほど、たしかにおれはアンドウという若者が何者なのか知らずにいる。が、しょせんは行きずりの相手ではないか。人は誰も知りあった人間全員と深くかかわることなどできっこない。通りいっぺんに触れあい、別れて、そのまま忘れてしまう。おれにとってはアンドウもそうした一人であったろう。

それがどうして、たんなる行きずりにすぎない相手に、これほどまでの喪失感を覚えなければならないのか……おれにはそのことが解せなかった。

解せないままにアンドウの記憶映像を繰り返し見ている。見ずにはいられないのだ。強迫反復的にと言えばいいか。まるでおれ自身が解離性フラッシュバックに執拗にみまわれてでもいるかのように。

3

何度でも言う。記憶・痕跡というものがこのように明確な映像として残されるはずはない。

これは何千ものキャプチャに切り出され、そのエッジが強調されて、さらには記憶加工ソフトで編集された、いわばできあがった映像記憶に他ならない。偽りの映像記憶といっていいだろう。

が、偽りであろうがなかろうが、その映像はまぎれもなしにそこにある。それだけは否定しようがない。そうであればそれを繰り返し見ずにいられないのは当然ではないか。

おれの頭のなか、その映像にかぶさるようにして、低いモノトーンのナレーションが流れている。アンドウのあの忘れられない言葉が執拗に聞こえていた……

——あれはなくしてはいけない思い出だったのに。それなのになくしてしまった。ぼくは彼を殺してしまった。思い出を殺してしまった……殺してはならない思い出だった。殺してはならない人だった。それなのに殺してしまった……

多分、この「彼」というのがその少年であったろう。そのことは容易に想像できる。問題はそれが解離性フラッシュバックとして執拗に反復されていることだった。アンドウにとってこの少年の存在そのものがすでにトラウマと化しているといっていい。

殺してはならない思い出だった。殺してはならない人だった……まさか、それが現実のことだったはずがない。すべては何らかの比喩的表現にすぎない、と思いたい。そう思いたいのだが、何もそのことに確信があるわけではない。

人は比喩的表現に遡及《そきゅう》して解離性フラッシュバックを呼び起こしたりはしない。比喩的表現が内省的にこじれてそれがトラウマになるなどということもありえないだろう。だとしたら……

――アンドウよ。おまえはこの少年に何をしたのか。どうしてこの少年は昏睡しつづけているのか。どうしておまえはそのことにそれほどまでに深い悲しみと罪悪感を覚えているのか。この少年は何者なのか。おまえはこの少年に何をしたのか？

知りたいとは思う。が、知らないほうがいい。人には知らずに済ますことができるならそれに越したことはないということがある。思い出すべきでない過去がある。多分、アンドウのことがそうだ。

――おれはもう二度とアンドウに会うことはないだろう。

一抹の淋しさを覚えはしたが、おれはそのことを確信した。もうアンドウには会うべきではないし、現実のこととして二度と会うことはないにちがいない、とそう思った。

おれには何もめずらしいことではない。それどころか、よくあることといってさえいいのだが――もちろん、このときもおれは間違っていたのだ。これもいつものように自分の間違いに気づかなかった……

少年の映像記憶にジャミングが入った。視覚サイトに着信音が鳴った。

「車の修理が終わったそうだぜ」サイトにウインドウが開いてそこにトグサが顔を覗かせた。

「何だ。あの野郎は――妙な野郎じゃないか」

「何のことだ」おれは訊いた。

「だから車の野郎のことさ。ちいさな男のことだよ」

「ああ、あいつのことか」おれは頷いた。「あいつのことなら何でもないんだ」

　多分、トグサはアンドウのことを言っている。車のメモリにアンドウの記録が残されている。それでアンドウのことが気になったわけなのだろう。

　おれはトグサにはアンドウのことは話していない。それでトグサにはアンドウのことが何かうさん臭い男に思われたのにちがいない。当然のことだ。

　むろん事情を説明しようとしないおれが全面的に悪い。が、悪かろうがどうだろうが、おれはトグサにアンドウのことを説明する気にはなれない。

　おれは話題を変えることにした。「何だ、そんなことのためにわざわざ連絡してきたのか」

「そうじゃない」

「そうじゃないとしたら――また、どこかの誰かがガイノイドに襲われでもしたのか。死人が出たのか」

「そんなことじゃないさ。今度そんなことがあったら、いやおうなしに公安九課に出動がかかることになる。こんなふうに悠長に話なんかしてられないだろうよ」

「じゃあ何なんだ」おれは焦《じ》れた。

「あんたにお呼びがかかった」トグサはクスクスと笑った。「カエルがあんたに話がしたいとさ」

4

イヌは世界をどのように見ているか？　それを知りたければ特別地区《ダウンタウン》から十三系統メトロに乗って旧市街《オールドシティ》の『エレクトリック・ラビット・ストリート』――正式名称、『グレーハウンドは電気兎《エレクトリック・ラビット》の夢を見るか』通り――を訪ねてみればいい。

そこにはかのチェイリー・ブラザーズ公司が経営する甲園狗場《ドッグ・レース・スタジアム》がある。総面積じつに二・八ヘクタール……。ラスベガス、マカオに次いで世界第三位の規模を誇るドッグ・レース場なのだという。

この街のドッグ・レースは昔ながらのクラシカルなスタイルを重んじている。人はわざわざ窓口で狗券《いぬけん》を買わなければならない。パドックで競走犬を見るか、オッズ表示モニターで人気枠を選ぶかしなければならない。そのスタイルは三十年まえ、四十年まえと変わっていない。

単勝、複勝、狗番連勝複式、三連単……そのルールにしてからが旧態依然として変わりないし、参加するイヌにしてもすべてグレーハウンドであることに変わりない。

グレーハウンドは俊足で持久力にも恵まれていて、それこそドッグ・レースのために生まれてきたような犬種だといっていい。怠惰で大喰いのバセットハウンドとは大違いだ。

スタンドの三階にはこれも昔ながらのＶＩＰルームがある。その内装は非常に凝っていてクラシカルに優雅な雰囲気をかもし出している。そこでオーナーのチェイリー・リンがゲストを迎える。すべてが昔そのままで何の違いもない。

むろん違いもある。どんなものでもすべてが同じということはありえない。違いはある。それも大きな違いが。

いまも六匹のグレーハウンドがトラックを走っている。が、彼らが追っているのは電動式のウサギなどではない。ウサギの匂いなのだ。正確には仮想ウサギの匂いとでもいったほうがいいか。

観客たちはスタジアムのそこかしこに表示された巨大なオーロラ・スクリーンに見入っている。何が起こっているのかを知りたければフィールドを見るよりスクリーンを見たほうがいい。そのほうがよりレースの興奮を誘われるだろう。

スクリーンにはフィールドの〝匂い〟が波動関数化されてディスプレイされている。現実においても、〝匂い〟はフィールドの一点に局所化《ローカライズ》されている。それがいわば仮想ウサギとして、グレーハウンドに意識されることになる。

仮想ウサギが走って、グレーハウンドはそれを追う。『グレーハウンドは人工現実感兎《バーチュアル・ラビット》の夢を見るか』……要するにそういうことだ。

イヌが嗅いでいる匂いの世界がそのまま濃淡のオーロラ光としてスクリーンに表わされているわけなのだ。観客たちはそれを見つづけることになる。

それを空しいというのか。イヌは虚構を追っているにすぎないというのか。

が、それはたんに視覚に左右されているにすぎないのに、その世界の実在性を信じて疑おうとしない人間《フレッシュ》の傲慢さの表われといっていいだろう。

おれたち義体《サイボーグ》は随意に電脳のモードを切り替えることができる。この世界がかくあり、かく見えるのが、じつは恣意的なものでしかないことをよく承知しているのだ。承知せざるをえない。

どうして、〝匂い〟が波動関数化され、それが仮想ウサギに局所化されている世界を、それだからといってその実在性を疑うことなどできるだろう。匂いがオーロラ光として波うち、コンマ数秒毎に変化する世界……その匂いがウサギという一点に局所化されている……多分、グレーハウンドは実際にそうした世界を見ているにちがいないのだ。そのことは疑いようがない。

それに――

グレーハウンドが追っている仮想ウサギが虚構なのだとして、それでは人間《フレッシュ》が、あるいは義体《サイボーグ》が一生を賭けて追っているもので、何か虚構でないものなどあるというのか。

が、それは、まあ、いい。それはまたべつの話だろう。

おれが甲園狗場にやってきたのは、何も匂いがそこに局所化された仮想ウサギを見るためではなかったし、ましてや賭けで一山当てるためでもなかったのだから……

蛙《フロッギー》がおれに話があるのだという。それでこの甲園狗場のカフェ・バーにわざわざ呼び出された。

おれとフロッギーとは周知の間柄だが親しいというほどの仲ではない。というか公安九課の課員が殺し屋と親しくなるのは非常に難しい。どちらかというと天敵同士といったほうがいいかもしれない。今日明日に殺しあうということはまずないだろうが、明後日もそうでないという保証はない。

が、たとえそうであっても、同じ業界で生きているかぎり、ときに情報のやりとりをしなければならないこともある。つまりはクソにハエがたかって得をするのはクソかハエかという話なのだ。クソにはハエの煩さ《うるさ》を我慢してもらう。ハエにはクソの臭さを我慢してもらう。どちらさんにも多少の忍耐を学んでもらわなければならない。

義体《サイボーグ》であれ、殺し屋であれ、浮き世のしがらみから解き放たれて自由に生きていくことはできない。どうしても持ちつ持たれつという関係にならざるをえない。

要するに大人が現実的に生きるということはそういうことなのだろう。そうまでして現実的に生きたいかどうか？　それはまた別の話になる……

5

フロッギーがカフェ・バーのスタンドにすわる。音をたてない。まるで椅子がウエハースでもあるかのようにソッと腰をおろす。トップコートが床を払う。

するとそれまでコーヒーやビールを飲みながらオーロラ・スクリーンのレースを観戦し

ていた連中があっという間に消えてしまう。ものの一分としないうちに店は空っぽになってしまう。いつものことだが、そのじつに迅速で徹底していることには感心させられるばかりだ。

バーテンもその例外ではない。ドラフト・ビールのジョッキを運んできて、木皿にナッツを用意するや否や、すぐにカウンターから消えてしまう。どうやら、われわれはこの界隈では誰よりも人気者というわけではないようである。

それでもフロッギーは周囲に人がいないのを確かめずにはいられない。そのうえで、おもむろに、なあ、と言う。

「ブリーダーと呼ばれるテロリスト……のことを聞いたことがあるだろ……。九課の人間が聞いたことがねえとは言わさねえ……」

その声は無惨にかすれている。高周波の雑音と何ら変わるところがない。ガラスを爪で引っ掻いたときのあの不快音。それを聞くときには実際に耳に物理的な圧迫感を覚えるほどである。その声もとぎれがちだ。

フロッギーは公開情報《オフィシャル》ではチェイリリー・リンのボディガードということになっている。非公開情報《アン・オフィシャル》ではチェイリリー・リンの専属の殺し屋ということになっている……どちらにしろ非常に物騒な相手であることには間違いない。

その履歴書に記されるべき犠牲者の数は、優に二桁に達しているが、じつのところフロッギーはまだ二十代の若者にすぎない。すでに二十代にして、その頭髪は真っ白になっていて、喉頭ガンをわずらった過去を持っている。

同情すべき点は多々ある。どこか中東の内戦の絶えない小国で生まれて劣化ウラン弾をベッド代わりにして育ったのだという。多分、そのために喉頭ガンをわずらったのだろう。放射線被曝は髪の毛も白くするのだろうか。だが——

彼が蛙野郎《フロッギー》の異名を与えられたのは、必ずしもその声のためからばかりではない。

カエルの視覚は動いているものにしか反応しないのだという。蝿であれ翅虫《はむし》であれ、一箇所にとどまっているかぎりは、それを獲物として認識することができない。何もせずにただじっとしている。が、いったん、それが動いたとなると、すかさず長い舌がひらめいて、相手を捕らえてしまう。

フロッギーも同じなのだ。殺すべき人間と対峙《たいじ》しているときに、相手がほんのすこしでも動けば、その右手がひらめいて、ナイフで喉をかっ切ってしまう。それはまるでカエルが舌を放って獲物を正確にからめ捕るのを見るかのようだという。

相手はホルスターから拳銃を抜くのはおろか、銃把《じゆうは》に手を触れることさえできない。それほどフロッギーの動きは速い。異常なまでに。

そのことから彼はフロッギーの名で呼ばれるようになった。もっとも、多少は、その開いた両目、扁平な顔だちが、カエルを連想させるせいもあるかもしれない。

「ブリーダーのことを聞いたことがあるとして」おれはジョッキのなかを覗き込んでいる。ドラフト・ビールの泡に自分の運命を占っている。「それが何だというんだ」

「野郎の……情報が欲しい」

「その見返りにおれには何が貰える？」おれはフロッギーの顔を見た。

「同じことさ」フロッギーはできるだけ何気ないふうを装おうとしていたが必ずしもそのことに成功していなかった。喉から手が出るほどに――いや、カエルだけに長い舌が出るほどに、というべきか――九課の情報を欲しがっていた。「おれのほうも……ブリーダーの情報を……くれてやるからよ」

「九課がブリーダーの情報を欲しがらないとは思わないか。必要としてないかもしれないぜ。情報ならすでに十分に持っているかもしれない」

「そんなはずは……ねえよ」フロッギーの声がさらにしゃがれてぎりぎり恫喝《どうかつ》寸前にまで絞り込まれる。「この世界にブリーダーの情報を……十分に持っている野郎などいるわけがねえ……あいつは幽霊じゃねえか……」

仰せのとおりだ。一言もない。どこの国の諜報機関にしてもブリーダーの情報を十分に持ちあわせているところはない。ましてや九課のファイルにはブリーダーのことについてこう記入されているだけなのだ。

ブリーダー　＝　国際テロリスト。
性別、容貌、国籍、年齢　――　不明。

6

「ブリーダーか」おれは顔を顰《しか》める。

フロッギーは、ああ、と頷いて、「ブリーダーだ」

おれは何とはなしに溜息をついた。ドラフト・ビールの泡を見つめるがそこにはもうおれの未来は見えていない。もともとおれには未来などなかったのかもしれない。また溜息をついた。そしてブリーダーのことを話し始める……


ブリーダーと呼ばれるサイバー・テロリストがいるのはまぎれもない事実なのだ。ペットを育てるあのブリーダーの意味なのだが、もちろん彼——あるいは彼女か？——が育てるのはペットではない。このブリーダーが育てるのはこともあろうにテロなのである。

細心の注意と愛情を込めてテロの作戦《オペレーション》を練りあげて育てあげるわけなのだ。それを自らが実行する場合もあるし、他のテロリストに丸投げする場合もある。ときにはオークションにかけることもある……それがすなわちブリーダーの名で呼ばれる所以《ゆえん》なのだった。

サイバー・テロばかりでなしに、実際の破壊工作——暗殺、爆破、誘拐——のプロフェッショナルでもあって、その意味では第一級のテロを育てるトップブリーダーといっていい。

人類史上において、これほどまでに恐ろしい暗殺者、破壊工作者は空前にして絶後といってもいいのではないか……

「………」

フロッギーはじっとおれの顔を見つめている。話がそれで終わってしまったのが信じられないかのようだ。やがて、それだけか、とあきれたように言う。

「ああ」とおれは頷いた。「それだけだ」

「ひでえ話だ。九課ともあろう……ところがよ……それだけしかわかってねえのか」

「悪かったな」おれは肩をすくめて、そうそう、と言った。「それにもう一つ、つけ加えることがあった。もう一つ、わかってることがあるよ」

「何だ」

「ブリーダーはあんたのボスを狙っている。チェイリー・リンを狙っている」

爆弾発言を狙って言われたのだとしたらとんだ肩すかしということになったろう。フロッギーはおれがそのことを知っているのに驚きもしなかった。フン、と鼻の先で笑っただけだ。

もっとも、おれにしても何もそんなことで拍子抜けしたわけではない。チェイリー・リンはこの街での大陸系マフィアのボスなのだ。彼の命を狙っている人間はダースでは足りないだろう。店の外で列をなしていて整理券が必要なほどなのだ。

「そのことがわかっててよ」フロッギーが言う。「どうしてボスの身を……護ろうとしねえんだよ」

身も蓋《ふた》もない言い方をしてしまえば公安九課としてはチェイリー・リンが生きようが死のうが何の痛痒《つうよう》も感じない。むしろ死んでくれたほうがありがたい……が、この世にはあまりあけすけに事実を語らないほうがいい場合もある。礼儀の問題というより要は趣味の問題であるだろう。

「ブリーダーに狙われている人間、施設はそれこそ世界中で数えきれないほどある。いちいち護ってなんかいられない。ブリーダーはテロを育てているんだ。何通りもの作戦を同時進行させている。PDP方式というんだそうだ。神経回路網――パラセル・ディストリビューティド・プロセシング……。これは多数の閾値素子を結合した神経回路のことを指しているらしい。それらに同時に入力をしていってその総和がそれぞれの素子の持つ閾値を超えたものから順に出力していく。どの作戦が先に出力することになるか、それは当のブリーダーにもわからない。護りようがないだろうよ」

フロッギーはジョッキを両手で包み込むようにしてフンと鼻の先で笑った。おれのセリフがいかにも言い訳がましいと思ったか。弁解するつもりはない。まさにそのとおりだからだ。

「それじゃ、おれのほうから……優先順位を教えてやるよ。誰を護ればいいのか……アドバイス……してやろうじゃねえか」

「チェイリー・リンを護れというのか。そいつは願い下げだぜ。いまの九課にそんな余裕はない」

「そうかい。余裕が……ないのか。余裕がなくてもよ。護ろうとしなければならねえ……こともあるんじゃねえか」

「………」

これには失笑せざるをえない。

フロッギーの底意はセール中の店のショーケースのように見え透いている。いくらフロッギーが腕利きの殺し屋であろうと正体の知れないブリーダーを相手にしたのでは分が悪い。チェイリー・リンを護りきれる自信はない。それで九課に鞭を入れてブリーダーと咬《か》みあわせようという腹なのだろう。

「チェイリー・リンの場合じゃなくてか」念のためにそう確認した。

「ボスの場合……じゃなくて」

「それはたとえばどんな場合だろう」

「たとえば『毛饅頭《マオ・マントウ》』の」とフロッギーが言う。「ミスター粗《タン》の場合のように」

7

なにが悪趣味といってこれほど悪趣味な建造物もないかもしれない。おれは思うのだが、世にこうまで露骨に富と権力を誇示する建造物も少ないのではないか。

何の話をしてるのかって？　もちろん、おれは空港《エアポート》の話をしているのだ。それも私有財産《プライベート・プロパティ》の空港の話をしている。

なにしろネット・オークションで公然と人身売買が行われている世の中なのだ。いまさらわたくし企業がプライベートの空港を所有していることに驚くことはない。そんなうぶな人間はこのシティでは生きていくことができない。

あえて言おう。シティでは税金の多寡によって空港を買うこともできれば警察を買うこともできる。高額納税の優良企業であれば、警視庁などそれこそダースで買うことができる。義体《サイボーグ》が何体かおまけについてくる。何だったら婦警のチア・チームをつけてやってもいい。お徳用だ。

空港はウオーター・フロント地域にある。沖合い十二キロの浮島《フロート・アイランド》に施設されている。――全閉鎖式の空港《エアポート》なのだ。非常に大きい。高さはその最頂部で優に百メートルに達するだろう。

空港ドームは浮島中央の十五車線道路が交叉する広場に屹立《きつりつ》している。広場の四隅から強烈なサーチライトが射している。人はそのサーチライトのなかに巨大な「M」のロゴが浮かんでいるのを見ることができる。

そのロゴが共通していることから、いまだにこれを前世紀に隆盛をきわめたかのハンバーガー・チェーンと錯視する人間があとを絶たないらしい。

そうなのか？　むろん、そうではない。ピエロのドナルドが休職してすでに久しい。

この「M」は、Mao Zedong《マオ・マントウ》のイニシャルなのだ。そう、毛沢東である。その毛沢東のご尊顔をロゴにいただいて『毛饅頭』がある。肉饅頭のファーストフード・チェーンだ。

現代に生まれて『毛饅頭』の名を知らない人間はいない。多分、チーズ・マオ、ビッグ・マオ、ダブル・マオを生まれてから一度も食べたことのない人間もいないだろう。

『毛饅頭』は上海公司資本のファーストフード・チェーンで、前述したアメリカ資本のファーストフード・チェーンと全世界を舞台に血みどろのシェア競争をくりひろげたことは記憶に新しい。結局は、マオ・マントウがシェアの六十パーセントを得て、いまのところとりあえず両社は小康状態をたもっているが、いつ競争が再燃することになるかは予断を許さない。

「六十億人民の、人民による、人民のための饅頭――」。いまやマオ主席人形はカーネル・サンダースを遥かにしのいで有名人といっていい。

『毛饅頭』のすべての店頭にはマオ人形が置かれてある。クリスマスには赤い衣装を着せられるし、ハロウィンにはドラキュラの衣装を着せられる。毛沢東ももって瞑《めい》すべしというべきか。いまやマオ人形は社会資本主義《ソシイアリストカピタリズム》の最大の象徴なのである。

　マオ・マントウのロゴがアーク灯の明かりのなかに点滅した。「M」のロゴが中央から二つに分かれて左右のレールのうえをゆっくりとスライドしていった。二つのロゴがプラズマ・ガスとアルゴン・ガスの輝きのなかに瞬いた。

　べつだん、めずらしいというほどの光景ではない。一日に何度となく繰り返される光景なのだ。むしろ、あくびが洩れるほどに陳腐な光景といってもいいだろう。

　エアポートを覆うドームは開閉式になっている。たんに、そのドーム天井が開いたにすぎないのだ。そして、いま、その開いたドームのなかに、八人乗りの垂直離着陸式の後退翼機

ＧＧＢ23が降下してきた。

警報が鳴りわたる。いたるところサーチライトが回転する。それまでドームに浮遊していたヴィド・スクリーンがホリゾントに固定《ロック・オン》された。そこにＧＧＢ23がホログラム映像される。四周から冷却液が噴き出してきた。ポートに蒸気がもうもうとたちこめる。誘導レーザー・ビームが蒸気のなかに浮かびあがる。その色が生々しいまでに真っ赤だ。ウェブのようにめまぐるしくパターンを変えた。

もっともそれは人間《フレッシュ》に関しての話である。義体《サイボーグ》においてはべつの反応が惹き起こされる。電脳が入力刺激され、第一次視覚野に、warningの文字が点滅する。ノルアドレナリンが分泌されるのに相当するプログラムが立ちあがる。「注意」や「警戒」のニューロン結晶体が回路を開いて作動した。

「作業員は退去して下さい、作業員は退去して下さい――」というアナウンスにうながされて、作業員たちがそれぞれの持ち場に後退する。

ＧＧＢ23が垂直着陸してくる。その姿はイナゴに似ている。下部から見上げるとなおさら似ている。そっくりといっていい。巨大なイナゴが赤い誘導ビームに導かれて下りてくる。それがヴァイトのホログラムに重なった。

ポートにタッチダウンした。よほどプログラマーが有能なのだろう。羽毛が舞うように軽やかな着地だ。

警報がとまる。レーザービームがオゾン臭を残して消えた。それにともなって第一次視覚野の警告《ワーニング》も消滅する。

ヴィド・スクリーンがホリゾントから解放されてフェイドアウトした。

ＧＧＢ23のタラップが下りた。

二台の整備車がＧＧＢ23に近づいていった……

おれとトグサはそれを待避ブースのヴィデオでモニターしていた。

「ミスター靼《タン》のご来訪だ」トグサをうながした。「行こうか」

「ああ」トグサがうなずいた。「行こう」

それぞれに携帯ウエポンを点検してブースを出た。肩を並べてポートに向かう。

8

おれたちはこれからミスター靼を護衛しなければならない。それがおれたちの今回の任務だった。

ミスター靼とは何者か。どうしておれたち九課のスタッフがミスター靼を護衛しなければならないのか？　時間がない。そのことを手っ取り早く説明しておこう。

わが公安九課が護衛任務を命ぜられることはめったにない。その必要がない。警備部にはプロフェッショナルなセキュリティ《S》・ポリス《P》が配備されている。有能だし機動力にとんでいる。まずはたいていのテロ（暗殺、誘拐、爆破）に対処できる。

が、残念ながら、サイバー・テロに対してはそのかぎりではないのだ。いまのところ電脳犯罪に対処できるのは公安九課のみといってもいい。電脳ネットワークではSPの鍛えぬかれた肉体も何の役にも立たない。訓練された射撃のうでも無用の長物でしかない。公安九課だけがサイバー・テロに立ち向かうことができる。

ましてや——非公式にではあるが——ブリーダーが狙っているという情報が入ってきたのではなおさらのことだろう。

ミスター靼のことをモンゴル人だと誤解されるむきもあるかもしれない。そうではない。靼という名は当て字であって、正確にはミスター舌《タン》と記されるべきだろう。

その名前からおわかりだろうがミスター靼はコンポーザーなのだ。誤解のないように——作曲家のコンポーザーではない。食物の成分《コンポーネント》を計測するほうのコンポーザーなのである。

コンポーザーは部分的に義体《サイボーグ》にならざるをえない。百パーセント人間《フレッシュ》であるコンポーザーは存在しえない。

かつては味覚を客観的に正確に計測することはできなかった。わずかにブレンダーと呼ばれる人たちの経験と勘に頼る以外になかった。味覚とはきわめて主観的なものであってそれを計量化することがかなわなかったわけなのだ。

こと味覚に関してはこれまで人類の歴史を通じてズッと暗黒時代がつづいたといっていい、野蛮な時代がつづいた。

が、いまではコンポーザーと呼ばれる人たちが味覚を分子レベルで正確に計測している。

暗黒時代は終焉《しゅうえん》した。

まず味蕾《みらい》にナノ・コンピュータがセットされて味覚が正確に計測される——これがすべての基本である。そのほかにもコンポーザーには様々な措置がほどこされている。

体調の変化は味覚に影響を及ぼす。したがってコンポーザーたる者は体調の変化があってはならない。そのために遺伝子処理済みの肝細胞を血液内に固定して体内のケミカル・コンディションを誤差の微少範囲内にとどめる。血液内のすべての異物を分解してやるわけだ。

体調ばかりではない。気分も味覚に影響を及ぼす。したがってコンポーザーは気分に変化があってはならない。要するにドーパミン、ノルアドレナリン、セロトニンなどの脳内物質が分泌されてはならないわけだ。

そんなことが可能か？　可能だ。それが義体《サイボーグ》でさえあれば。

義体であればその電脳から感情を完全にデリートすることができる。さらには味蕾のナノ・コンピュータが検出した味覚を分子レベルまで分解して完璧に数値化することができる……

おわかりかと思うがコンポーザーは非常に貴重な人材である。スーパー量子コンピュータなみに高価でもある。とりわけ各メガ・ファーストフード・チェーンにカスタマイズされているコンポーザーの重要さは国の要人《VIP》のそれにまさるといっていい。

なにしろメガ・ファーストフード・チェーンの経営規模はちょっとした第三世界の国家予算にまで達するほどなのだ。その競争はいやでも熾烈《しれつ》にならざるをえない。

なかでもビッグ・スリー（そのなかにマオ・マントウが含まれていることはいうまでもない）の競争の熾烈さは、アラブ・アジア世界の地域紛争に匹敵するとまでいわれている。その経営戦略を左右するコンポーザーであればテロリストのターゲットになるのはむしろ当然のことだろう。

そしてコンポーザーが義体《サイボーグ》であればそれはおのずからサイバー・テロにならざるをえない。その身辺警護にわが公安九課のスタッフが要請されるのはこれもまた当然のことといっていい。

申し訳ない。手っ取り早く説明したい、といっておきながら、ことのほか手間どってしまった。おれの悪い癖だ。つい蘊蓄に傾いてしまう。それだけ、おれがとしをとったということかもしれない。許していただこうか。

要するに、だ。これが公安九課がコンポーザーの身辺警護に駆りだされる理由であるわけなのだが……

いま、おれたちはミスター鞘を迎えるためにGGB23に向かって歩いている。すでに二台の整備車がGGB23に向かっていてそのあとに随《したが》っている格好だ。

「どうもわからないな」トグサが歩きながら妙に熱のない口調でいう。

おれはトグサの顔を見た。「何が」

「ミスター鞘はいつもは軌道上のスペース・アイランドにいる。その専用フラットで暮らしている。そして一年に一度、『マオ・マントウ』の全商品のブレンド調整のためにこうして地上に降りてくる……そういうことだよな」

「ああ、そう聞いている」

「おれにはわからないぜ。それはどうしてなんだ」

「わからないことはないだろう」

「いや、わからない」

「何がわからないのかな」

「何が何でもわからないのさ」

「人類の味覚の嗜好《しこう》は、年々、微妙に変わると聞いている。国によっても違う。おなじ国でも地域、性別、年齢で違う。天候にも左右されるし経済動向にも影響を受ける。他のメガ・ファーストフード・チェーンの商品との差別化もはからなければならない。自社の製品でも全体のハーモニーをはからなければならない……どうしたって年に一度は全商品をブレンド調整しなければならないだろう。そうじゃないか」

「ああ、そうだろうな」

「それでいいじゃないか。わからないことは何もないだろう」

「おれがわからないといってるのはそのことじゃない」トグサは納得しなかった。「どうしてミスター粗がスペース・アイランドにいるのか、そのわけがわからない」

「セキュリティ上の問題なんじゃないか。テロのことがある。スペース・アイランドにとどまっているぶんには、それほどテロの心配はしなくてもいい。コンポーザーが生きていくのにスペース・アイランドほど安全な場所はない」

「それほど心配しなくてもいい、というのはテロの心配が皆無だということを意味してはいない。違うか」

「どういうことだ」

「だからさ。たしかにスペース・アイランドに滞在しているぶんには、セキュリティを簡素化できる。閉鎖空間だからな。システムがシンプルであればあるほどそれだけ信頼性も高まる……そのことはおれにもわかる。そういうことだよな」

「ああ、そういうことだ」

「だが、それだけに、いったんテロリストに襲撃されたら逃げ場がない。宇宙じゃどこにも逃げられない。安全でもあるが、それだけ危険でもあるわけだ。そうじゃないか」

「…………」

「おれにいわせれば、テロの標的がスペース・アイランドに滞在しているメリット、デメリットの収支計算は、四・六でわずかにデメリットのほうに傾くんじゃないか。早い話がスペース・アイランドそのものが破壊されればそこに滞在している人間には逃げるべきところがない。こんな危険な話はないんじゃないか」

「…………」

　トグサのいうことにも一理ある。そのことは認めざるをえない。

　スペース・アイランドといえば聞こえはいいが、その実体はスペース・ラボに毛の生えた程度のものでしかない。その居住面積は一般労働者の団地サイズにとどまるだろう。

ミスター粗の滞在しているスペース・アイランドはその名も『偉大なる毛主席・衛星《サテライト・オブ・グレート・マオ・チーフ》』というのだが——多分、その居住性は『偉大なる』という形容詞からほど遠いものにならざるをえない。

トグサのいうとおり、必ずしもそれがテロ対策に万全を期すことを意味していないのだとしたら、ミスター粗がスペース・アイランドにとどまる意義はどこに求められるというのか。そう、たしかにトグサのいうことにも一理ある。どうしてミスター粗がスペース・アイランドに滞在しているのか、そのわけがわからない……

が、それもすぐに知れることだろう。おれたちはもうすぐミスター粗に面会することになる。そのときにすべての謎が解けることになるはずだ。

すでにGGB23のタラップに人影が見えている。冷却剤の蒸気のなかに後退翼機の明かりが洩れてそこに人影が動いている。同行スタッフに、『マオ・マントウ』のスタッフ、それにポートのスタッフが加わって、ミスター粗を地上に迎えようとしている。総勢十数人というところか。

そこにおれたちセキュリティ・スタッフが加われば、それでもうミスター粗は何の問題もなしに地上に降りたつことができるわけなのだ。

ブリーダーがミスター粗のことを本当に狙っているかどうかはわからない。よしんば、それが本当だとしても、さすがのブリーダーも手出しはできないはずなのだ。そう、何の問題もない。

何の問題もない？　いやいや、遺憾ながらそういうわけにはいかなかった。問題がないどころではない。大ありだった。

なにしろ、そのときミスター鞘は何人ものテロリストに一斉に襲撃されることになったのだから。

9

おれはそのとき――

後退翼機に近づいていきながら目の隅に整備車を見ていた。といっても何も漫然と見ていたわけではない。電脳のサイト機能はそれがどんなものであれ漫然と対象を見ることなどできない。

そうと自覚せずに何かをする。それこそが何より義体《サイボーグ》にはできない芸当なのだ。正確には整備車を捕捉していたというべきだろう。

見ていたのではない。捕捉していた……電脳にとってレアな視覚情報はすべて混沌とした光の渦でしかない。それ自体では何も意味をなさない。それをゲシュタルト像として意味あらしめるためには映像のエッジを立たせる必要がある。

ものの縁、明度差のある境界部、曲率の大きい部分を際だたせ、精選され集約された情報のみを電脳に伝達する。網膜サイトに入力された情報に何か不自然なところがあればそもそも電脳はそれをゲシュタルト像として受け入れるのを拒否してしまう。電脳の網膜サイトには人間《フレッシュ》の網膜のようにアバウトなところがない。要するに、融通がきかないわけなのだが、そのことがまれに有用に働く場合もないではない。この場合がそうだった。

整備車は酸素ノズルをGGB23のボディの側面に差し込んでいた。そのこと自体には何の不思議もない。機内に酸素を補給するのはGGB23が着陸したときの通常作業である。

が、その視覚情報には不自然なところがあった。ノズルは機体に酸素を送り込んでいるはずである。当然、ノズル内には高圧がかかっていなければならない。ところがノズル内に高圧はかかっていない。

高圧がかかっていればそこにはわずかなりとも摩擦熱が生じる。おれの網膜サイトは熱赤外線を捉えてしかるべきなのだ。どんなわずかな熱赤外線であろうと電脳デバイスがそれを捕捉しないなどということはありえない。それなのにそこには摩擦熱がなかったということは……

それは酸素ノズルなどではないということだ。ノズル以外の何かだということだ。

「トグサ！」

おれがそう叫んで床にダイブするのと整備車の作業員たちがノズルからアサルトライフルを抜き取るのとがほとんど同時だった。

作業員たち——正確には作業員に変装したテロリストたちというべきだろうが——は四名

を数えた。その四人が全員ノズルからヘッケラー・アンド・コックG36Kを抜きとってかまえた。

H&K・G36KはNATO各国が軍の制式ライフルとして採用している。五・五六ミリNATO弾使用、装弾数三十発……たしかに秀れたライフルではあるが、テロリストたちがこれを好んで使用するのは、何もその性能をかってばかりのことではない。

H&K・G36Kのオリジナルにしてからがすでに本体使用パーツの九十パーセントまでもが強化カーボン樹脂製なのだ。そのパーツを交換することで、銃身をすべてカーボン樹脂製に変えることも不可能ではない。さらには特殊オプション装備を自在に選択することでそのサイズのフレキシビリティが非常に高い。特殊部隊バージョンのカービンは銃身《バレル》が極端に短い。

要するに、H&K・G36Kはセキュリティ・システムの金属探知機を容易にパスするし、何かに偽装して持ち込むことも非常にたやすい。なにしろH&K社純正のグレネード・ランチャーを装備して空港に持ち込んだ例が報告されているほどなのだ。

テロリストたちの一人が銃身の短いカービン・バージョンに四十ミリ・グレネード・ランチャーを装着していた。それをGGB23のタラップに向けた。

トグサが床に転がって40《ヨンマル》SWをホルスターから抜いていた。その銃口をすばやくグレネード・ランチャー装備の男に向けたのはさすがだったが、ハンド・ガンではマン・ストッピング・パワーに欠けるだろう。いささか荒っぽいが、ここはおれのソードオフに頼ったほうがいい。

ソードオフにしてもハンドガンには違いないが、なにしろ八・三八ミリ弾を九粒つめたシエルを五発装填しているのだ。その破壊力たるやなまじのショットガンの比ではない。一発で車のエンジン・ブロックをぶち抜いてしまうほどなのだ。

おれはコートからソードオフを抜いた。セーフティを解除した。それと同時にコッキング・レバーを引いて初弾を薬室《チエンバー》に送り込んだ。さらに床に一回転して伏せ撃ちの姿勢をとった。撃った！

そのときにはすでにテロリストもグレネード・ランチャーを発射していた。グレネードが唸《うな》りをあげた。咆吼した。

おれの網膜サイトが自動的に銃撃モードに切り替わった。衝撃波が空気を引き裂きその摩擦熱が赤外線輻射《ふくしゃ》となって紡錘形に軌跡を曳いた。グレネードはＧＧＢ23のタラップに向かう。

それをソードオフのブレットが追う。ホーミング・ミサイルのように正確にその軌跡をなぞっていた。グレネードとブレットとではそのサイズが異なる。そもそも、その発射速度にしてからが違う。たやすく追いつけるはずだった。事実、追いついた。

グレネードが爆発した。閃光が走った。その衝撃波とともに熱赤外線の巨波が津波のようにうねった。網膜サイトが自動的に感度を絞った。五パーセントまで感度を落とした。そうせざるをえなかった。そうしなければおれの網膜サイトは破壊されていたにちがいない。

が、それこそが当初よりのテロリストたちの狙いだったのだ。そのときにブリーダーのサイバー・テロが始まった！

10

ソードオフ・ブレットは円錐形に空気を引き裂いて、その背後に水泡のように推進摩擦熱を残した。熱赤外線が鮮やかに軌跡を刻んで推進する。グレネードに追いついて、ついにそれを爆破させた。

爆発エネルギーがブレットの推進摩擦熱に攪乱《かくらん》されて逆円錐形にひろがった。背後に蜘蛛の巣のように開いた。

警戒しなければならない。爆発エネルギーの拡散速度は非常に速く、それに比してその減衰率はそれほどでもない。赤く――ときに黄褐色に――うねって拡がった。

人間の視覚ではそれを捉えることはできない。絶対に。

が、感度を落とし、プリズム処理されたサイボーグの網膜サイトであればその熱赤外線から紫外線にいたるまでを容易に捉えることができる。

そのグレネードは特別仕様にカスタマイズされているのにちがいない。その外皮部分を削りとられてかなり軽量化されていた。そのうえ超高性能火薬がぎしぎし容量一杯まで詰め込まれていた。

要するに、その破壊力は侮れないということだ。優に標準仕様《スタンダード》の二倍の破壊力を有していたことだろう。

したがって、おれがグレネードの破壊力に注意せざるをえなかったのは当然であったろう。爆発エネルギーがどれほどの殺傷力をもって、どう拡がるか、そのことに無関心でいられるわけがない。おれはそのことを予測する必要に迫られていた。

電脳は人間《フレッシュ》の脳ほど精緻な未来予測の能力に恵まれてはいない。が、ごく短時間の（きわめて短時間――そう、コンマ数秒ほど、か）未来予測であれば遥かに人間にまさる能力を持っている。短時間の未来予測であれば、それは不確定要素の多い経験値に頼るのではなしに、数式に還元されうるからなのだ。

むろん未来を予測するからといって現在を看過していいということにはならない。未来予測エンジンを作動させるときには電脳を複数同時作動《マルチタスク》に切り替えてやらなければならない。人間《フレッシュ》の脳には何でもない複数同時処理が電脳には非常に面倒な操作であるのだが。

電脳をマルチタスクに切り替えた。未来予測エンジンを作動させた。視覚サイト、聴覚サイトの時間モードが自動的に未来処理レンジに切り替わった。いまのおれは未来を見て未来を聴いていた。

誤解しないで貰いたい。こうして話せば長いことになるが、じつはこれはすべて、ソードオフ・シェルがグレネードを追尾して爆発させた、わずかコンマ・セカンドのあいだに起こったことにすぎない。

危機に瀕《ひん》しておれの感覚処理速度は高速度撮影のように増速処理されていた。すべては一瞬のうちに起こったことなのだった。

「バトー」

トグサが床を転がりながら叫んだ。叫びながら発砲した。何発も撃った。

おれはその銃声を聴いた。銃声が爆発の残響に重なった。その弾道を視《み》た。弾道が熱赤外線を曳いて翔んだ。

銃を撃つというのは要するにこの世界のエネルギー分布を瞬時に変化させることに他ならない。エネルギー分布の劇的な変化は往々にして生命の終焉という形に収斂《しゅうれん》されることになる。

弾道が拡散しつつある爆発エネルギーに突き刺さってそれを複雑に変形させた。直進した。しかし、その熱赤外線は真っ赤な色から急速に褪色《たいしょく》していった。

弾のエネルギーは空気との摩擦エネルギーに削がれて減衰せざるをえない。それにつれて弾道はしだいに落ちる。なにも驚くほどのことではない。当然のことだ。

それでも弾丸が突き刺さって爆発エネルギーを変形させたことには変わりない。それぐらいの余力は残していた。拡散しつつある爆発エネルギーの一点が渦を巻いて変形するその先にテロリストの体があった。弾が音をたてて食い込んだ。

トグサの銃に装填されているのはダムダム弾なのだ。先端に十字に切り込みが入っている。それが人間の体に食い込むと瞬時に変形する。先端が潰れてしまう。へしゃげてしまう。

行き場を失ったエネルギーは犠牲者の体のなかでいわば爆発することになる。その破壊力は凄まじい。血は沸騰する。骨は粉みじんに砕いてしまうし肉はスープのようにどろどろにしてしまう。撃たれるというのはそういうことなのだ。

弾はテロリストの右胸に入って背中に抜けた。その衝撃でテロリストの体は吹っ飛んでしまっている。多分、射出孔は握り拳大の大きさにまでなっていたのではないか。その背中から血と肉と骨の砕片が噴水のように噴きだした。

テロリストの体が床に叩きつけられた。

多分、そのテロリストは即死したことだろう。そのほうが幸せだ。ダムダム弾をまともに受ければ内臓がポタージュのようになってしまう。着弾のショックで脳組織が破壊されてしまう。要するに廃人になってしまう。廃人になってまで生き延びたいと願うテロリストは少ないだろう。

テロリストの脳は一部、培養槽《ヴァイト》細胞に置換されていることが多い。銃の引き金を削ってそれを敏感にさせるのと同じことだ。運動視が先鋭化されている。サイボーグの視覚サイトほどではないが彼らも弾道を視ることができるのだという。

それればかりではない。往々にして彼らの脳の一部——側頭葉の場合もあるし前頭葉の場合もある——は特化されている。そこでは神経系が特殊な閉ループを形成しているらしい。興奮性アミノ酸受容体だけがあって抑制性アミノ酸が作用しないようになっているのだという。ノルアドレナリンが分泌されるままになって脳は暴走《スタンピード》してしまう。抑制されることがない。

ハイドかハルクのようなものだ。殺戮本能と破壊衝動に翻弄されるままになってしまう。これほど物騒な人間はいない。ということはつまり、これほど理想的なテロリストはいない、ということでもあるだろう。だから——

彼らは任務中に死んだほうがいい。ノルアドレナリンの奔騰のなか、使命感が頂点に達するその陶酔のなかで死んでいったほうがいい。

おれがテロリストで死に方を選ぶことができるものなら絶対にそうする。極論を恐れずに言うなら、テロリストたる者、ほかの死に方をしてはならないとまで思う。

それはどうしてか？　廃人となって病院で意識を取り戻したとき彼らは自分には何一つ残されていないことに気がついて愕然とすることだろう。すでに理想も使命感も失われ、そこに残されているのは、彼、もしくは彼女の抜け殻にすぎない。そうなってまで彼らに生きのびる意味はない。

彼らに大義はない。いや、ないかどうかは知らないが、その使命感、理想の大部分は、ケミカル・マシンとしての脳がその化学伝達物質の分泌をコントロールされることで、人為的に付加されたものにすぎないのだ。

自由の戦士であるべきはずのテロリストたちの行動には、じつは、どこにも自由意志の介入する余地がない。廃人になれば生きる意味のすべてが失われることになる。だからテロリストたちは任務中に死ぬべきなのだ。ほかの死に方をしてはならない。

じつにテロリストたちは、その臨死体験、死ぬ寸前のパノラマ現象まで、精緻にケミカル・コントロールされているのだという。エンドルフィン系の脳内麻薬物質が大量に分泌される。それでどうなるか。多分、彼らは死ぬときにテロリストの楽園《パラダイス》を視ることになるのだろう。それはどんな楽園であるのか。

そこでは誰もがコンビニで自由にＡＫ47を購入することができる。ウージー・サブマシンガンをネット・オークションで格安で入手することができる。何人か標的《ターゲット》を抹殺すれば自動的に年金の支払いが控除されることになる。チェ・ゲバラがサイン会で一人ひとり握手をしてくれる。著書を二冊購入すれば記念撮影にも応じてくれるかもしれない……。

多分、彼らは死ぬときにそんな楽園を視ることになるのだろう。そして、その顔に多幸症のような笑顔を貼りつけて死んでいくことになる。

誤解しないで貰いたい。おれは何もテロリストを揶揄《やゆ》しているわけではない。おれにそんな資格はない。誰にもそんな資格はないのだ。

テロリストが脳をケミカル・コントロールされているというなら、おれたち義体《サイボーグ》は電脳をエレクトリック・コントロールされている。それではテロリストのように脳の一部をヴァイト細胞に置換されてもおらず、サイボーグのように電脳をいただいてもいない一般人はどうか。

同じことだ。抗うつ剤を飲んで気力をふるい起こし、安定剤を飲んで精神を抑制する。そのどこに自由意志があるというのか……そんなものはどこにもない。おれたちはすべて誰かに、あるいは何かにコントロールされているにすぎない。

――この修羅場にのぞんでそれでも蘊蓄を傾けずにはいられないのか……。人はそのことに呆れるかもしれない。それを度しがたい虚栄心の表われとして憤るかもしれない。が、そうではない。いくら、おれでもときと場合に応じて行動するだけのＴＰＯは心得ている。そんなことではないのだ。

おれは電脳をマルチタスクに切り替えて未来予測エンジンを作動させた。そうすることで瞬時にわかったことがある。そのキーワードがコントロールなのだ。

要するにおれたちはコントロールされているにすぎない。そのことが瞬時にわかった。この襲撃はすべて見せかけに他ならない。おれたちは騙されている。すべては擬似餌《ルアー》か、デコイでしかないのだ。

――そういうことか。

おれは立ちあがった。そして駐機しているＧＧＢ23に向かって走った。ということはいまも拡散しつつある爆発エネルギーのなかに突っ込んでいったということだ。武装して臨戦態勢にあるテロリストたちに向かったということだ。

世に自殺の方法は数えきれないほどあるが、これほど絶対確実な方法もないのではないか。青酸カリを飲んで手首の動脈を切ったのちにおもむろに三十二階のビルから飛び降りるのに匹敵する……これで死なない奴はまずいない。

トグサもそう思ったのにちがいない。多分、おれが発狂したのではないか、とそのことを危ぶんだ。要するに仰天した。

「バトー」

と叫んだその声にはありありと驚愕の響きが滲んでいた。ほとんど悲鳴に近かった。おれの行為の真意を読みとれずに混乱しきっていた。

トグサはおれのパートナーなのだ。何なら、掛け替えのない、と言おうか。そのことを考えれば、おれが何をしようとしているのか、そのことを彼に説明すべきだったかもしれない。が、あまりに時間がなかった。そう、あまりに、絶望的なまでに時間がなかったのだった。

「掩護《バックアップ》！」

そう叫ぶのが精一杯だった。

After The Long Goodbye

Chapter 4

自分たちがつくったネオンの神

Neon god they made

1

もちろんトグサはすぐさま、おれの求めに応じた。こういうときには頼りになる男だ。即座に掩護射撃に転じた。

床に転がり、転がり、転がって、ひたすら40《ヨンマル》SWを連射した。撃ちつづけた。

その銃声はあまりに切れ目なしに響いて何発撃ったのか数えることもできないほどだ。むしろ弾をばら撒いているというべきか。これでは絶対に標的《ターゲット》に命中しない。

むろん、それでいいのだ。そうあるべきなのだ。トグサは誰かを狙って撃っているわけではないし、その必要もない。これは掩護のための射撃であって精密射撃ではないからだ。しかし——

そうであるにしてもトグサの連射の凄まじさにはあまりに常軌を逸したところがある。自《や》棄《け》になってハンドガンを連射しているとしか思えない。ガク引きもいいところだ。

それもやむをえない。なにしろテロリストたちはＮＡＴＯの制式ライフルで武装している。おれはその銃口に無防備に体をさらして突進しているのだ。とどのつまりは自殺行為に他ならない。

掩護射撃も何もあったものではない。自殺をこころみる人間をどう掩護しようというのか。世に自殺に走る人間を掩護するほど空しい行為もないのではないか。そんなことができようはずがない。トグサが掩護射撃をするのになかば自暴自棄になってしまうのも当然だったろう。

しかし、なにもトグサは自棄になることはなかったのだ。そんな必要はなかった。おれはどんなことがあっても自殺に走るような男ではない。トグサもおれの相棒であればそれぐらいのことは心得ておくべきだった。

テロリストたちはおれを撃とうとはしなかった。というか撃つに撃てなかった。さぞかし、おれが彼らに向かって走ったのには面食らったことだろう。彼らにしてみれば計算違いもいいところだ。要するにそんなはずではなかったのだ。

おれの推理が正しいのであれば——そして、それは当然、正しいはずなのだが——、テロリストたちは、おれを怪我させてはならない、という指示のもとに動いているはずなのだ。おれの行動の自由を確保しておかなければならない。

その、怪我をさせてはならない当の相手が、自分たちの銃口に向かって走ってくるのだから、これはとっさにどうしていいかわからなかったのにちがいない。多分、混乱した。混乱したあげくに——

滑稽なことが起こった。二人のテロリストにいたっては、おれが走っていくのを見てその場から一目散に逃げ出してしまったほどなのだ。それはもう逃げ出す以外にはなかったのかもしれない。

そもそも相手を傷つけてはならないテロリストなどというものはあるべき存在ではない。存在矛盾に他ならないのだ。彼らがうろをきたして当然だった。

説明しよう。つまりは、こういうことなのだ。

おれは電脳をマルチタスクに切り替えて未来予測エンジンを起動させた。そして、そうするためには、そのまえに自動的にすべてのメモリがスキャンされなければならない。当然だろう。誤ったデータをもとにしては——わずか数分のことではあっても——未来予測は成立しえない。メモリがウイルスに汚染されていないかどうかすべてスキャンされる必要がある。

その結果、とんでもないことがわかったのだ。ウイルスに汚染されているどころではなかった。おれの電脳は完璧にモニターされているのだった。つまり、おれの電脳は逐一、覗かれているのだった。

うかつといえば、これほどうかつな話もなかったろう。おれはあまりにうかつにすぎた。

何の話をしてるのかって？　むろん、おれはあのときのことを話している。あの雨の夜のことを。

リー・モーガンのトランペットの調べが流れて……おれはアンドウに出会い……そして、車が駐車場に暴走したあのときのことを……

あのとき、おれは車をハイジャックされたものとばかり思っていた。ハイジャックした車を暴走させておれを殺そうとした……誰の仕業かはわからないが、それがその人間の狙ったことだとそう決め込んでいた。そうではなかったのだ。あのときハイジャックされたのは車ではなかった。おれだったのである。

車の運転席にすわった人間は自動的にその脳の運動野が車載コンピュータにリンクされることになる。それがサイボーグの電脳であれば――理論的には――車載コンピュータをバイパスしてそのOSにアクセスすることも可能なはずなのだ。

理論的には――というのは、電脳には何重にもセキュリティがかかっているからなのだ。現実には、誰かサイバー・テロリストなりハッカーなりが、それらのセキュリティの網をかいくぐって、OSまで侵入するのは至難の業だろう。

フォート・ノックスに侵入するようなものといえばいいか。ほとんど不可能なことといっていい。

が、どんな世界にも天才はいる。当然、サイバー・テロの世界にも天才はいる。呪われた天才が……ブリーダーだ。

ブリーダーが車載コンピュータを介しておれの電脳にハッキングした……おれはそう考える。いや、そう断言する。

ブリーダー以外にそんなことのできるテロリストはいない。要人を暗殺するのに、その要人を護衛するサイボーグをモニターするほど絶対確実な方法はない。ブリーダー以外にそんな大胆な手段を実行するテロリストはいない。

間違いない。おれの敵はブリーダーなのだ。彼――もしくは彼女――以外ではありえない。

おれはそのことを宣言したい。

ここはブリーダーを誉めてやろう。大したものだ。サイバー・テロの天才であればこそできたことであろうが……その天才にしてからが、やはり多少の計算違いは免れなかったようである。

おれの電脳に付与されたセキュリティの厳重さは並大抵のものではない。ブリーダーはそのことを十分に認識していなかった。そして、そのことが結果として車載コンピュータを暴走させることになったわけなのだ。

が、この際だ、おれは言わせてもらう。ブリーダーの失敗はそのことのみにとどまらなかった。

ブリーダーはあまりに公安九課を見くびりすぎた。九課所属サイボーグの電脳のセキュリティを見くびりすぎた。さらには、このおれ、バトーを見くびりすぎた。当然、そのつけは支払って貰わなければならない。それもたっぷりと支払って貰うことになる。

が、相手を見くびりすぎたということでは、おれもブリーダーと似たようなものであったかもしれない。おれもまたつけを支払わされることになったのだ。

GGB23のタラップを一気に駈けのぼった。

その行く手を四人めのテロリストに阻まれることになった。彼女だ。このテロリストは女だった。ライフルのバレルを旋回させて銃口をおれに向けた。

彼女は――素子だったのだ。

2

そう、彼女は素子《もとこ》だったのだ。いや、本当にそうか？　そうではない。そんなはずがない。素子はここにはいない。多分、もうどこにもいない。それなのに――

思いがけないときに思いがけない場所に素子が現われた。いわば不意打ちだった。

「素子……」

激しい喪失感がおれの電脳を貫いた。そのあまりの激しさにその場に呆然と立ちつくした。かつて、これほどの喪失感にみまわれたことはなかったように思う。その喪失感は死に似ていた。さよならを言うのは少しのあいだ死ぬことだ……。いつかどこかで読んだそんな言葉を思い出していた。

もちろん理性では自分の身に何が起こったのか承知していた。そこにいるのは素子ではない。多分、素子に似てさえいない。

ブリーダーはおれの視覚サイトのデジタル情報を操作した。テロリストの女の顔を素子の顔に変えた。要するに視覚サイトのうえだけのことなのだ。電脳にアクセスしているサイバー・テロリストであれば入力情報にかかわりなしに容易に出力情報を操作することができる。何の造作もないことであるはずだった。

理性ではそれがわかっていた。わかっていながら、しかしおれは素子の顔を見て、電脳の一部に位置する閉ループがかすかに励起するのを感じていた。チリチリとガラスが鳴るようにその閉ループが震えているのだった。

その閉ループには名がある。誰もその名を知らない、多分、おれだけが心得ていればいい名なのだろう。それは孤独という名なのだった。おれの電脳は孤独に震えた。

「久しぶりだね」素子の顔をした女テロリストが言う。「バトー、元気にしてた」

ああ、とおれはうなずいた。元気にしてたさ、と言ったつもりだが、現実にはそれは声にはならなかった。なにか嗚咽《おえつ》に似た声がおれの喉から洩れた。それだけだった。

「あなたと会えなくて淋しかったわ。あなたはこれまでどこにいたの。どこに行っていたの」

「おれにもわからない。多分、どこかに。遠いどこかに……」

「それでもまたわたしたちは一緒になった。昔のように。そうでしょ」

「ああ、そうだな。昔のように」

「バトー」

「ああ」

「何をしてるの」

「何をしてるって」

「任務を遂行するのよ」

「任務を？」

「テロリストからミスター靼を護るの。さあ、わたしを靼のところに連れてって」

「ミスター靼のところに」

「それがあなたの任務でしょう」

「そうだな」おれはうなずいた。「そうしよう」

そうすることなどできるはずがない。どこの世界にテロリストを標的のもとに案内するボディガードなどいるものか。

後頭部に熱を感じた。その熱が飛んで近づいてきた。わずかに体を沈めた。それが頭髪をかすめた。

視覚サイトの隅に閃光がひらめいた。熱赤外線が弾道を曳《ひ》いた。子供のころに見た人工衛星に似ていた。人工衛星はおれの視界のなかに遠ざかっていって地平線の果てに消え去った。それに似ていた。

背後から飛んできた弾丸はおれの頭上を越えて女の頭に食い込んだ。トグサが放った一発だった。彼女の頭が血を噴いた。その熱赤外線が視覚サイトに弧を描いた。虹のように熱のしぶきが噴きあがった。

「素子……」

素子ではない。名前も知らない女テロリスト……彼女なのだ。

彼女はゆっくりと倒れていった。素子の顔が消えた。素子の顔が戻った……。素子の顔と見知らぬ女の顔が交互に入れ替わる。まるでフラッシュバックのように。希望と絶望がめまぐるしく入れ替わるかのように。

「素子、素子……」

おれの視覚サイトは女が倒れる光景を自動的にダブしたようだ。そして、それをリプレイした。あるときには素子の顔になり、あるときには見知らぬ女の顔になって——彼女は何度も床に倒れるのだった。何度も死んだ……

そのリプレイされる映像に二重写しのようになってぼんやりと男の影が揺曳《ようえい》していた。その男はどこかでおれの電脳にアクセスしていた。それをおれの電脳が遡行《そこう》して捕捉しているのだった。

その男がどんな容貌をしているのかまでは見てとることができない。その男には顔がなかった。矛盾しているようだが顔がないのに見覚えがあった。どこかでその男には会っているはずだという漠然とした既視感があった。いまにも思い出せそうなのに思い出せない。そのことがもどかしかった。

顔のない男が、しかしそのないはずの顔をしかめていた。そして首を振って言う。「しょうがないなあ。ぶち壊しじゃないか」

——ぶち壊しじゃないか……ぶち壊しじゃないか……ぶち壊しじゃないか……

その声が仮想のサイバー・スペースのなかを遠ざかっていった。

おれの電脳にはハッキングしている誰かを遡行してそれを視覚情報化するなどという機能は備わっていないはずなのだが……知ったことか。そうした機能が備わっていようがいまいが、その誰かの姿を遡行し、そうして映像として捉えたのは、まぎれもない事実なのだった。現に、そこにそうして見えている以上、否定しようがない。

その映像は一瞬の閃光のように消えた。男の姿はどこかに遠のいていった。多分、それがブリーダーだったのだろう。ということは、ブリーダーは男なのか。

遠のいていくブリーダーに向かって、

——これがおまえの狙いだったのか。

おれはそのことを問いかけずにはいられなかった。

おれの電脳を操作し、女テロリストを素子のように見せかけ、それを暗殺に利用するこれが……違和感があった。それも非常な違和感が。

ブリーダーほどの名うてのサイバー・テロリストが、ただこれだけのために車載コンピュータをハイジャックするなどという面倒なことをしたりするものか。にわかには信じがたい話だった。ブリーダーにはほかに何か狙いがあったのではないか。

が、ブリーダーの映像がそれに答えることはない。そのときにはすでにブリーダーの映像は消えていた。

それでもなお視覚サイトのなかに女が倒れる光景だけは何度もリプレイされていた。その顔が素子になり、見知らぬ女の顔になって、また素子の顔になり……

——素子、おれたちはいつかまた会うことがあるだろうか。

喪失感が耐えがたいまでになった。孤独が鋭いナイフのようにおれの胸に突き刺さる。

素子が倒れ、彼女が倒れ……リプレイされるその映像に追われるようにしてGGB23のキャビンに蹌踉《そうろう》とした足どりで向かう。

3

キャビンに入った。

そこに若い男がいた。若い男――むしろ少年といったほうがいいか。まだ二十歳にはなっていない。少年は車椅子にすわっていた。怯えるように奥の隔壁まで退いていた。そして、おれのことをじっと見つめた。

ふいにその少年の視線にアンドウの視線が重なったかのような奇妙な感覚にとらわれた。アンドウの視線が逆流したかのように感じられた。その逆流する視線の先に眠る少年の姿があった。おれの電脳のなかにあの映像記憶が蘇る。あまりに鮮烈に。

おれは自分のなかで何かが壊れる音を聞いたかのように感じた。それではアンドウの映像記憶にあったあの少年がミスター靼なのだろうか……そのことが意外でもあり、何か当然のことであるようにも感じた。

『毛饅頭《マオ・マントウ》』のコンポーザーは年端もいかない少年だったわけだ。どうしてか少年を一目見るなりそのことがはっきりとわかった。ミスター靼といういかめしい名には多分にフェイクめいたところがある。それは少年をテロから防ぐための一種のコードネームでもあるわけなのだろう。

　これぐらいのことはべつだん驚くには当たらないかもしれない。なにしろコンポーザーの存在はそのファースト・フード王国の興亡を左右するほどに重要なのだから。多少、そのセキュリティが回りくどいものになるのもやむをえない。

　少年の姿を見るなり、眠る少年の記憶映像に励起され、電脳の長期記憶回路が立ち上がったようだ。これはいわば人間《フレッシュ》の反射神経のようなもので、おれ自身にはどう対処することもできない……メモリの地平の果てを一人の男が追憶の影ででもあるかのように横切っていった。アンドウだろうか。メモリに保存されているその音声メモリが起動した。

——あれはなくしてはいけない思い出だったのに……それなのになくしてしまった……ぼくは彼を殺してしまった……思い出を殺してしまった……殺してはならない人だった……殺してはならない思い出だった……

　おれは自分でも気がつかずにブツブツとつぶやいていた。その声はあまりに虚ろにすぎてほとんど慟哭《どうこく》に似ていた。なにか狂おしい思いが胸を掻きむしった。多分、そのとき、おれは毀れかかっていたのだろう。

「アンドウさん——」

　そのときのことだ。少年がそう叫んだのだった。

　それで少年の脳組織も一部電脳の結晶構造に置換されていることがわかった。少年の電脳部分がおれの電脳に同調している。少年はアンドウの声を聞いている。少年はもう一度、アンドウさん、と叫んだ。叫んで、車椅子を作動させた。なにか懸命な表情になっていた。車椅子がおれに向かって前進した。それと同時に――

少年の顔が素子になった。むろん少年がほんとうに素子になったわけではない。どこかの誰かに――多分、ブリーダーに――視覚サイトが干渉されているにすぎない。サイトのうえだけのことなのだ。

それは素子の顔をしている女テロリストなどではない。『毛饅頭《マオ・マントウ》』のコンポーザーなのだ。それがわかっていて、しかし多分、おれは何も本当にはわかっていなかった。おれのなかで何かが音をたてて毀れた。ガラスのように脆《もろ》い何かが。

おれの喉から絶叫がほとばしる。たてつづけに悲鳴をあげた。

ソードオフを少年に向けた。素子でもないのに素子の顔をしている女はどいつもこいつも許せない……引き金を引こうとしてかろうじて思いとどまった。また絶叫がほとばしった。

銃口を自分の喉に向ける。死のうと思った。死んだほうがましだと思った。

そのとき背後からトグサが飛びかかってきたのだった。おれの体を床に押し倒した。首筋にキーをジャック・インした。そして、おれの電脳を初期化した……

一瞬のうちに銃声の残響が消えた……おれを床に押し倒したトグサが何か叫んだようだがそれも消えてしまう……そのときにはまだ爆発エネルギーの熱赤外線が残存していたのだが霧が吹き払われるようにそれも消えてしまう……

すべてが消えてもそこに最後まで素子の顔が残っておれの視覚サイトにたゆたっていた。素子は何か言いたげにおれの顔を見つめていた。何か言いたげに、と思うのは、おれの感傷であって、多分、素子がおれに言いたいことは何もない。

おれは素子のいいパートナーではなかった。誰にとってもおれはいい相棒《バディ》ではありえなかった。おれには人の気持ちを理解することができない。そして、おれには人に理解を求めるだけの内容がない。おれは空虚な人間だった。

メンテナンスのために定期的に電脳は初期化される。が、こんな短期間に二度にわたって電脳が初期化されたことは、いまだかつてなかった。多分、こう言ってもいいのではないか。おれの電脳は初期化されてイノセンスな状態に戻ったのだ、と――

じつに乱暴な方法というべきだがそのことでトグサを責めるわけにはいかない。ブリーダーに汚染された状態をデリートするためにはやむをえない処置だった。あのままの状態がつづけばおれは素子の残像に幻惑されるままになってミスター鞘を射殺するにいたったにちがいない。あのあまりにも無垢な少年を――

少年の電脳部分に保存されていた記憶がおれの電脳にダウンされて走った。猛烈な勢いでスキャンされる。まるで古いVTRの早送りのように長期記憶保存されていた少年とアンドウとの思い出が蘇る。あざやかに――いや、残念ながら、そうとはいえない。

まえにも言ったと思うが、何らかの加工がなされていないかぎり、記憶・痕跡というのは漠然とした影のうつろいのようなものにすぎない。未編集のテープ、未編集のフィルムのようなもので、おびただしい情報の断片がやまをなしてはいるが、それが全体として確かな意味を持つことはまずない。それは端的にたんなる情報の垂れ流しといってもいいだろう。

無意味な情報の断片が凄まじい勢いでスキャンされるなかに、

――アンドウさん！

という少年の声が悲痛に響いて、そこにひときわ鮮明に浮かびあがったのは――

地球だった。

4

少年の記憶映像が転送される。おれの電脳に大量に流れ込んできた。

未編集の記憶……記憶の断片……あるいはうつろう記憶の影か。むしろ夢に似ているというべきかもしれない。

その記憶映像に赤い光がオーバーラップする。点滅している。赤くなり、暗くなり、また赤くなり、暗くなって……非常事態を告げる緊急灯であるようだ。パニックを起こしたように目まぐるしく点滅している。その赤い光の点滅のなかに……

地球が浮かぶ。

多分、有人宇宙船のモジュールではないのか。その展望窓に地球が青く輝いて浮かんでいるのだ。

モジュールが自転するのにともない、地球は徐々に展望窓から逸《そ》れていった。それと入れ替わりのように漆黒の宇宙空間が滑り出てくる。その宇宙空間には大小の金属破片が漂っていた。

なにしろ記憶映像そのものがエッジが非常に不鮮明なのだ。展望窓から洩れる明かりに照らされているだけなのでその視界自体も良好とはいえない。

かろうじて、それらの金属片がモジュールの破片らしいことがうかがえる。何らかの事故が起こったらしい。それも緊急灯のあわただしい点滅からもわかるようにかなり深刻な事態であるようだ。

記憶映像だけではあまりに情報量が乏しすぎる。少年の意識が――断片的にではあるが――パケット転送されてきて、おれの視覚サイトにスライドショーのようにめまぐるしく記憶が入れ替わった。

そしてその記憶が要約される。言葉で説明されたわけではない。きわめて自然に理解が生じていた。

――減圧警報が鳴っている。船内の気圧が急速に下がっている。多分、スペースデブリか何かが衝突した。モジュールに穴が開いてしまった……

要するにそれが粗少年の身に起こったことなのだった。少年はコンポーザーとしてスペース・アイランドに向かう途上にあった。そのときに事故が起こって船体モジュールに穴が開いてしまう。

少年の記憶映像に重なって緊急灯が点滅するなか、それに呼応するように音声メモリが立ちあがる。そこにアンドウの声がリフレインされる。

——ぼくは彼を殺してしまった……思い出を殺してしまった……殺してはならない人だった……殺してはならない思い出だった……

おれの電脳のなかに少年の意識とアンドウの意識が混交される。二つの記憶がそこに交叉して……

……展望窓に見える地球も宇宙空間もいつしか消えてしまう。夢のように。それが夢だというなら悪夢のように。

「…………」

気がついてみるとおれは車椅子の少年のまえに立っているのだった。たがいの目をじっと覗き込んでいた。

一瞬、それが現実のことであるのか、あるいは記憶映像にすぎないのか、その判断に迷ってしまった。多分、初期化されたばかりの電脳が完全に復元されていなかったからだろう。

少年はおれを見つめている。そして何か言いかける。が、すぐには言葉が出てこない。その端正な顔が歪んだ。車椅子のなかで体をねじるようにした。苦労して言葉を絞り出した。

「あ、あなたはアンドウさんのことを知っているのですか」その声はどこか虚ろに内面を欠いていた。どこかが微妙に壊れていた。

おれは、ああ、と頷いて、ちょっと考えてから、いや、と首を振った。「知っているというほどは彼のことを知ってはいない」

　そう、知っているといえるほどアンドウのことは知らない。おれが知っているのは、アンドウが喪失感を抱いて生きているらしい、ということだけだ。なにか非常に深い罪悪感を抱いて生きているらしい、というそのことだけなのだ。

　しかし、それはおれが口にすべきことではなかったろう。それが事実であるかどうかも確信がない。おれは自分でもそうと意識せずに、自分の姿をアンドウに反映させてしまっているのではないか。多分、喪失感と罪悪感を抱いて生きているのはおれ自身の姿に他ならない。

　いずれにせよ少年はおれの言葉などまともに聞いてはいなかった。少年にあっては何をどう話すべきか、それを見きわめるだけでも大仕事なのだ。たどたどしい口調で言葉を運んだ。

「アンドウさんは『毛饅頭《マオ・マントウ》』のスペース・スタッフでした……チームの一員でした……ぼくを護るのが仕事でした……」

　少年の話し方は平板に抑揚を欠いて痛々しい、聞いているのに苦痛を感じるほどだ。それでいて、その声を聞いているうちに、なにか非常に無垢《イノセンス》なものに触れた気がするのはどうしてなのか。

「あの事故でモジュール内の気圧が急に下がりました……ぼくの脳は完全に壊れるところでした……それをアンドウさんが助けてくれました……アンドウさんは非常手段を取りました……そのためにぼくの記憶は失われることになりました……足も動かないようになりました……だけど、そのおかげでぼくは死なずに済んだのです……ぼくはアンドウさんに感謝したいです……それなのにそのことでアンドウさんは自分を責めてチームから去っていきました……」

少年が懸命に説明しようとしているのはわかる。が、残念ながら、少年の言葉は舌足らずで、舌足らずというより端的に語彙《ごい》が不足していて、何が起こったのかを十分に説明しきれずにいる。しかし――

「ぼ、ぼくとアンドウさんは兄弟のように仲がよかった……誰にも負けないほどに……ほ、本当に仲がよかった……」

何を指して十分な説明というのか。それだけでも事実の本質はよく説明され尽くされているのではないか。

ミスター靼とアンドウの二人は兄弟のように仲がよかった。その二人が――おそらく地球軌道上において――深刻な事故にみまわれた。アンドウは少年を助けようとしたのだが、そのために少年の脳組織のかなりの部分を破壊しなければならなかった。アンドウはそのことに深い罪悪感を抱いて少年のもとを去ることになった……

これが二人の身に起こった本質的なことであったろう。その他のことはすべて取るに足らない些事《さじ》にすぎない。すべて枝葉末節にすぎない。

5

多分……

潜行中の潜水艦が浸水したという事態を想定すればわかりやすいのではないか。

浸水が急速に進んでそのままではもはや浮上は望めない。それ以上の浸水を防いで潜水艦を浮上させるためには隔壁を閉ざさなければならない。隔壁を閉ざせば、その区域に残された人間を見殺しにすることになるが、ほかに潜水艦を救うすべはないのだ……

この場合、少年の脳そのものが潜水艦であり、隔壁に封鎖されて見捨てられる区域は、それぞれのニューロン回路網ということになるだろう。脳を壊滅から救うためにはニューロン回路網の大部分を犠牲にするほかはなかったのにちがいない。

急速な減圧にさらされて少年は脳死状態におちいったのだろう。少年を救うために具体的にアンドウがどんな措置をとったのかそれはわからない。だが、アンドウの脳の一部、少年の脳の一部が電脳に代替されていることからも、それがきわめて過酷な試練であったろうことは容易に想像がつく。

並大抵の才能ではコンポーザーとして大成するのはかなわない。一大ファーストフード・コンツェルンが事業の将来を託すほどの才能なのだ。ましてや、その年齢《とし》なのだ。多分、少年は天才といってもいいほどの才幹に恵まれていたのにちがいない。それがすべて破壊されてしまった。

　かろうじてコンポーザーとしての才能は保持されたようだが、それ以外の能力はことごとく損なわれた。いまの鞄少年は下半身が萎えてしまっているし、人と満足に話をすることもできない。

　アンドウは軌道上スペース・アイランドにおいてセキュリティ要員として働いていた。少年を護るのを任務としていた。いかに少年の命を救うためだったとはいえ、その能力の大部分を損なってしまったことに非常な罪悪感を覚えたのは想像に難くない。その罪悪感に耐えかねて少年のもとから立ち去った……

　——あれはなくしてはいけない思い出だったのに……それなのになくしてしまった……ぼくは彼を殺してしまった……思い出を殺してしまった……殺してはならない人だった……殺してはならない思い出だった……

　いまさらながらにアンドウの言葉がありありと脳裏に蘇るのだ。その言葉が新たな意味を持って胸に迫ってくるのだ。そのことに痛切に胸を抉《えぐ》られるのだ。

　おれにとって罪悪感は決して縁の遠い感情ではない。喪失感はつねにおれにピタリと寄り添っていて片時も離れようとしないではないか。

　素子、ガブ、それにアンドウも含めて、おれが償わなければならない相手、つけを払わなければならない相手は、これからも増えていくのにちがいない。いつまで？　多分、死ぬまで——

おれの人生はいわば長い長い執行猶予を生きているようなものだ。あまりに罪を負わなければならない相手が多すぎる。あまりに赦《ゆる》しを乞うべき相手が多すぎる。罪悪感、喪失感は年々増えていき、無情に、翌年に繰り越されるばかりなのだ。生の終わりにそれらをすべて清算しようとしても、とうてい清算しきれるものではない。

それはアンドウも同じことだろう。そのときにアンドウが取った非常手段によって、靼少年の脳は取り返しのつかない損傷をこうむった。そのことの罪悪感はとても償いきれるものではないと感じたのにちがいない。それで少年のもとから立ち去った……そういうことではなかったか。

事実、ときおり少年がかいま見せる明敏さが、次の瞬間、鈍い翳《かげ》のようなものに覆われてしまうのを見るのは痛ましいとしか言い様がない。そのことに耐えきれずにアンドウは少年のもとから立ち去った。おれにはアンドウの気持ちが痛いほどにわかる。

だが、にもかかわらず靼少年はアンドウを許すというのだ。アンドウがいまどこにいるのかを尋ねてきて、おれがそのことを知らないと答えると、懸命な表情になってこう言うのだった。

「アンドウさんに会うことがあったら言ってください……また会いたい……話がしたい……お願いします。言ってください」

「わかった」こう言う以外におれに何が言えたろう。「必ず伝えよう」

「…………」

それを聞いて心底から嬉しそうに軔少年が笑う。胸にしみじみと染みるような笑いで、おれには忘れられないものになった。

こう話すと長いようであるが、じつはおれがキャビンに入ってきてから、これまで五分とは過ぎてはいない。それなのにどうしてあの執拗にして周到なブリーダーが軔少年を狙うのをあきらめてしまったものと早計に思い込んでしまったのか。

たしかに電脳が初期化されたばかりで、いつもの判断力が失われていたことはあるかもしれない。だが、そのことは言い訳にはならない。ブリーダーは標的の心理を読むのに長《た》けていて、人がつい油断してしまうタイミングを微妙に摑むすべを心得ているのだろう。テロリズムのナポレオンと呼ばれる所以である。

おれ自身がフロッギーにブリーダーのことをどう説明したのだったか？　……多分、おれはそのことを思い出すべきだった。おれはこう言ったのだった。

——ブリーダーはテロを育てているんだ。何通りもの作戦を同時進行させている。ＰＤＰ方式というんだそうだ。それらに同時に入力をしていってその総和がそれぞれの素子の持つ閾値を超えたものから順に出力していく。どの作戦が先に出力することになるか、それは当のブリーダーにもわからない。

そういうことだ。それほどまでに執念深いブリーダーがそうもたやすく仕事をあきらめるはずがなかった。ブリーダーはどこまでも標的《ターゲット》を追って絶対にあきらめようとはしない。おれはそのことにもっと留意すべきだった。

おれはあまりにうかつだった。そのことに弁解の余地はない。ブリーダーが次の手を打ってくるまでおれは何の理由もなしに彼の襲撃は終わったものとばかり思っていたのだから。

6

そうではなかった。終わっていなかった。それどころか始まってもいなかった。

これまでのブリーダーの襲撃は前哨戦ですらなかったのだ。すべてはこのとどめの一撃のための予行演習に他ならなかった。

ブリーダーは入念に準備を重ね、三重、四重に裏を用意し、攻撃を仕掛けてくるタイプのテロリストなのだ。その執拗なことはほとんどパラノイアックといっていいほどで、およそ常人の予想の範囲を超えている。

キャビンの入り口に何かが立った。トグサかと思った。あるいは『毛饅頭《マオ・マントウ》』のスタッフか。誰でもそう思うだろう。すでにテロリストたちは殲滅《せんめつ》している。ここにはもう戦うべき相手はいない。

むろん、おれはプロだ。プロたるべく訓練を受けている。よしんば敵を斃《たお》したと思ってもそのことでうかつに油断をしたりはしない。その点は公安九課のおれたちを信頼して貰ってかまわない。その信頼にこたえてみせるだけの自信がある。

だから振り返ったときには、自分でもそうと意識せずにソードオフの引き金に自然に入さし指を添えていた。網膜サイトが自動的に銃撃モードに切り替わってもいた。敵の姿を認めればそれこそコンマ数秒で反撃に移れるように体勢をととのえていたのだ。抜かりはなかった。なかったはずなのだが——

そのおれがそれを見てとっさには動けなかった。意識と体がすぐには反応しなかったというべきか。あるいは自分が何を見ているのか判断できなかったのだろうか。要するに、そこにあまりに思いがけないものを見てしまったために一種の判断停止の状態におちいってしまった。何をどう反応すればいいのかわからなかった。

それも当然でそこに立っていたものは——

『毛饅頭《マオ・マントウ》』のマスコット人形なのだ。

要するに人民服を着た毛沢東をモデルにした等身大の人形だ。『毛饅頭』の袋を持ってにこやかに笑っているところはキッチュともグロテスクとも何とも言いようがない。これは私見であるが毛人形を好きになるのは非常に難しい。

いまはカーネル・サンダースにしても『マクドナルド』のドナルドにしても二足歩行が可能だ。CDサーボ・モーターやACサーボ・モーターなどの歩行アクチュエータはアキバに行けばダース幾らで買える。ガイノイドは特例としても、むしろ歩行しない人形を捜すほうが難しいだろう。毛人形にしてもそれは同じであるはずで、ここまで歩いてきたそのこと自体はとりたてて驚くほどのことではない。問題は——

何のために毛人形がここまで歩いてきたかというそのことだ。ガイノイドは完全自律型ヒユーマノイドでアイデンティティという概念を持っている。が、毛人形はしょせんはオモチャであって誰かがセッティングしないかぎり自分の判断で動くなどということはありえない。誰が毛人形にキャビンまで歩いていけとセッティングしたのだろう。

「………」

おれはそのことの判断に迷って、一瞬、その場に凍りついた。

毛人形はおれを見ている。いや、実際には見ていない。正確には見ているように見えるように顔がデザインされているというべきか。形状記憶合金が人間の表情を模している。笑いモードに移行した。その唇の両端が徐々に吊りあがっていった。

「わが人民に告ぐ」毛人形が言う。袋を差し出した。「毛饅頭《マオ・マントウ》を食べよ」

そのときにおれが受けた衝撃をどう説明すればいいだろう。衝撃――むしろ悲しみといったほうがいいか。それも義体《サイボーグ》に魂《ソウル》があるのであればその魂を体の底から揺さぶられるような悲しみだった。多分、そのときおれは慟哭していた。

おれは毛人形の顔にありうべきでないものを見てとったのだ。非常に精緻なガイノイドにして初めて可能になるもの――豊かな情動を。

さらに言えばよほど精密な電脳であってもそれのみではそうまで豊かな情動を付与することはできない。その電脳には特殊な措置がほどこされていた。

おれはそれを見た。多分、ガブを懸命に捜しているおれにして初めて見ることができたものだろう。おれは毛人形の表情に飼いイヌの豊かな情動を見てとったのだった。

あの老人の言葉が頭のなかをよぎる。
――イヌはどんな生き物よりも愛情深いし嫉妬深い。であればイヌの脳をそのまま超並列・分散処理のニューラル・ネットワークに組み入れてやればいいのではないか。そうしてやればガイノイドの電脳に内的環境を構築することも容易なのではないか。

そう、そういうことなのだ。無感動な毛人形に擬せられるべきがあまりに豊かな情動に恵まれすぎていたためについ感情をかいま見せてしまった。あまりに愛情深いために失敗した。死ぬことになった。

おれは絶叫を放った。そうでもしなければ自分を奮い立たせることができなかった。ソードオフの引き金を引くことができなかった。全弾を撃ちつくした。

なにしろ八・三八ミリ弾を九粒つめたシェルを何発も被弾したのだ。そのショックで毛人形は後ろに吹っ飛んだ。それでも毛人形のなかにいるイヌはおれのことを見つめるのをやめようとはしなかった。宙に吹っ飛びながら愛嬌のある笑顔を見せて、パタパタと――架空の――尻尾を振っていた。

飼いイヌは人を愛することをやめることができない。どんな情況にあっても人に親愛の情を示すのをやめることができない。

毛人形の紙袋が爆発した。人形に偽装されたガイノイドが粉々になった。その電脳のなかに隠されていたイヌも消滅してしまう。

戦闘モードにある視覚サイトにその熱赤外線が十字架形に揺らめいた。人間に利用され消費された名も知れぬイヌには似つかわしい墓標だというのか。この花さえ捧げることのできない墓標が――

「…………」

おれの手からソードオフが落ちた。床に当たって乾いた音をたてた。おれの虚ろな胸にさらに虚ろに響いた。

ブリーダーは徹底している。入念に仕込みをし、三重四重に罠を張りめぐらせる。けっして標的にその意図を覚らせないまま、どこまでもしぶとく仕掛けてくる。

そのためにはイヌを攫ってその自意識を電脳に組み入れることも辞さないというわけなのか。ガイノイドを暗殺者に仕立てることにも躊躇《ちゅうちょ》しないというわけか……ブリーダーよ。そのことを誉めてもらえるとでも思ったか。その逆だ。おれはどこまでもおまえを追いつめる。絶対に許さない。

これまで以上に力を注いでガブの行方を捜さなければならない。攫われたイヌたちの行方を捜さなければならない。迂遠《うえん》なように見えてそうではない。そうすることがブリーダーの所在を突きとめる最短距離にもなることだろう。そのことを確信した。

おれは頭のなかでガブを捜す行く手のどこかに潜んでいるであろうブリーダーの姿を凝視していた。

そして前後に何の脈絡もなしに自分がとんでもないことを忘れていたことに気がついたのだ。忘れていた？　いや、そうではないだろう。忘れさせられていた。多分、そのこと自体がブリーダーがおれの電脳に仕掛けたトリックででもあったのだろう。

長期記憶メモリのなかに男の声が聞こえてきた。

――まだだ、アクセスするな……

思い出した。たしかあの雨の夜、小柄な男がアンドウと一緒にいたはずではないか。あの男はあれからどこに消えてしまったのだろう。どうしておれはあの男のことをこれまで一度も思い出さなかったのか。そんなことがあるものだろうか。

あるはずがない。なにか作為めいたものが働かなければこうまで完璧に一人の男を忘れるなどということはありえない。作為はあった。多分、ブリーダーがおれの電脳に干渉してあの男のことを消してしまった。

――まだだ、アクセスするな……

それがつまりはその干渉を意味する言葉ではないのか。それではどうしてブリーダーはそれほどまでにしてあの男のことをおれの記憶メモリから削除しようとしたのだろう。

それはすなわち、

――あの男がブリーダー当人だからではないだろうか。

おれはそのことに愕然とせざるをえなかった。

そのときトグサがキャビンのなかに飛び込んできた。そして切迫した口調で、大丈夫か、と声をかけてきた。

「ああ、大丈夫だ……」おれはぼんやりと頷いて、「トグサよ、じつはおまえに頼みたいことがあるんだけどな」

「頼みたいこと？　何だ」

ああ、とおれはまた頷いて、「人を捜して欲しい」

「人を？　誰を」

「多分」おれは言った。「ブリーダーを」

7

わが友ヤスタカは、つねに動物行動学・心理学に対して批判的であって、その論陣の激越なることは、ときに戦闘的といってもいいほどである。

あるいはそれも当然かもしれない。そうしたアカデミズムにあっては、ネコが子ネコの体を舐めるのを観測するに際しても、おのずから厳格なルールによって規制されるほどなのだ。

それは端的にいって愚かしい。

それはたとえば一時間に何回――体のどの部位を、どの角度から――舐めたかを記録するのにとどめなければならない。それ以上のことは何も記録されてはならない。まちがっても、そのことについて母ネコが子ネコをかわいがっている、などと記述されるようなことがあってはならないのだ。

これは要するに、母ネコが子ネコをかわいがっているかどうか、などということが観察者に——客観的に——わかるはずはないからだというのだが。

なるほど、たしかにこれはかなりナンセンスなルールであるにはちがいない。母ネコが子ネコの体を舐めているのを見てほんとうにそこに母子の情愛を客観的に観ることができないものだろうか。そもそも、ここで言われる客観性とは何なのか。

かわいがっているのではないとして——それでは母ネコが子ネコの体を舐めるのは、いったい何をしているというのか。母ネコは子ネコを試食しているとでもいうのだろうか。ナンセンスだ。

が——

そうではあっても、ヤスタカが口をきわめて罵るように、動物行動学・心理学のことをもっぱら異端審問をつねとする「客観神学」だとするのは、やや不当にすぎるだろう。

ひかえめに見ても、ここ一、二世紀の動物行動学・心理学の成果にはかなりめざましいものがあるといわなければならない。ときに行きすぎの感があるにしてもそれは成功をおさめた分野にありがちな勇み足と見ていいのではないか。

たとえば二十世紀末にこの分野が達成した「ゴリラと鏡」の研究ほど人類にめざましいパラダイム・チェンジを強いるものはないだろう。

それまでは人間だけが「自己」という観念を持っていると見なされていた。動物には「自己」という観念はないのだ、と。……が、この「ゴリラと鏡」の研究によって、動物にも「自己意識」という観念があるのではないか、という可能性が言及されることになった。

動物の「自己意識」！　ヤスタカであれば、多分それを「魂」と呼ぶことだろう。ゴリラに魂があるのであれば、当然、イヌにも魂がそなわっているのにちがいない。

ほかにも魂を持ちあわせた動物たちがいる。ウマであり、ゾウであり、イルカであり、クジラである。彼らは他のどの動物にも増してピュアな「魂」を持っている。

遺憾ながら、六〇年代、かのコンラット・ローレンツ教授によって美しくもセンチメンタルに誤解されることになったオオカミの場合はそのかぎりではない。オオカミはそのほとんどの行動が刺激と反応によって説明されてしまうのだという。「魂」を持っているとは言いがたい。

それではネコの場合はどうか？　ネコもまた「魂」を持ってはいるが、それはどちらかというと「愛」よりも「誇り」に裏づけされた特異なものであるらしい。

ネコは何よりも気高い動物であって、容易に「動物行動学」などという世俗の学問を寄せつけようとはしない。動物行動学者であれば誰でも知っていることであるが、ネコを安易に実験の対象に採用しようものなら、実験そのものが台無しにされてしまう。研究者の意に添って行動するぐらいならネコはむしろ飢え死にするのを選ぶ！

この地球上において、ごく限られた種だけが「魂」を持っていて、他種の動物と共感《シンパシー》を通わせることができる。

イヌが人間のよき友たりうるのはそのためである。おれがガブを愛し、ガブがおれを愛することができるのはそのためなのだ。

が、少女キリの場合はそれだけでは彼女の能力をよく説明することができないのだという。

いささか唐突にすぎたろうか。ここで説明しよう。

キリと呼ばれる少女がいるのだという。ヤスタカに彼女のことを教えられた。ここで彼女のことをすこし話したい。

キリは異常なまでにイヌとの共感性が強いのだという。イヌの気持ちが非常によくわかる。テレパシーのように。事実、それはほとんど超能力のように理解されているらしい。それほどまでにわかる。

むろん、どんなイヌでもわかるというわけではない。彼女にあってもメルヘンの世界に生きているというわけではない。動物と言葉を交わすことのできる、かのドリトル先生ではないのだ。キリがわかるのは人間と魂を通いあわせたことのあるイヌにかぎられる。

キリの場合、その能力が非常に特異なのは、自分が愛したイヌの魂と交感することができるだけではないことだ。ある人間があるイヌを本当に愛しているなら、その人間を介して、そのイヌの魂と交感することができる。つまり。

おれを介してガブの気持ちを理解することができる……

8

フリーウェイでダウンタウンに向かう。

一番街と二二丁目の交差点でフリーウェイを下りた。そこに動物愛護協会の建物がある。駐車場に車を入れて一階に上がった。入り口のセキュリティ・システムを通過するのにすこし時間がかかった。

ちょっと変わった活動をするSPCAだとは聞いている。が、どんなに変わった活動をしていようと動物愛護協会は動物愛護協会にすぎないだろう。これほど厳重なチェックは必要ないようなものだが、近年、セキュリティ・システムはますます神経症的なものになりつつある。おれたちはそういう時代に生きているのだとしか言いようがない。

エリアによってはスーパーマーケットに入るのにもボディ・チェックを要求されるほどなのだ。ここのセキュリティ・システムはそこまでナーバスではない。

清潔で明るい。動物臭もしない。SPCAの施設も以前とはずいぶん変わった。ガブがこの施設に収容されればあまりの清潔さに戸惑うのではないか。多分、小便を洩らすことだろう。

「トレーニング・センターのヤスタカさんから紹介されたんですが」と受付嬢に言う。

いつもながらヤスタカのやることは行きとどいていてそつがない。それだけですべて話が通った。女性スタッフに案内されて奥の部屋に向かう。

「ヤスタカさんからおよその事情はうかがっています」先にたって歩きながらスタッフが遠慮がちに言う。「あのう――」

「バトーといいます」

「バトーさんはこちらの事情はお聞きになっていらっしゃいますか」

おれはうなずいた。「聞いています」

「わたしどもとしてもお役にたてることを願っています。でも、ご承知のような事情ですので、かならずお役にたてるとはお約束できません。そのことはあらかじめご了承をお願いします」

「わかっています。すべてはヤスタカさんから聞いています」

「余計なこととは思いましたが、ときどきダメだということがわかってお怒りになられる方がいらっしゃるものですから……」

彼女は目を伏せてつぶやいた。

彼女にしてみれば取り越し苦労をするのも当然かもしれない。おれはいいとしをした大男の公務員なのだ。世間通念からいえば、多少、いや、大いにデリカシーに欠けるところがあると見なされてもやむをえないだろう。少なくとも九歳の少女に好かれる要素は皆無といっていい。

その少女は奥の部屋にいた。大きなドーベルマンピンシェルと一緒にひっそりと絨毯《じゅうたん》のうえにすわっていた。ドーベルマンは威厳があった。少女は愛くるしかった。

他にも子供がいたし、他にもイヌがいた。が、その少女とそのイヌほどたがいに濃厚に親密な空気をただよわせているパートナーは他にはいなかった。要するに彼女と彼は特別だったのだ。一目見ただけでそのことがわかった。

「…………」

念のために女性スタッフに視線を向けてその少女がそうであるかどうかを確認した。

彼女は瞬きするようにしてうなずいた。が、じつは確認するまでもないことだった。彼女がそうであることはすでにわかっていたことだった。

少女の名はキリと聞いている。もちろん本名ではないだろう。本名である必要はない。少女は本名を必要としない世界に閉じこもって生きていた。

あらためて女性スタッフに目を向けて了解をとってから少女に近づいていった。

「――――」

ドーベルマンがわずかに身じろぎをした。頭をあげておれのことを値踏みするように見つめた。その肩のあたりにかすかに緊張の気配がたちこめた。

――立ちあがるだろうか。

とおれは思った。少女を護るために立ちあがっておれのことを威嚇するだろうか。

が、ドーベルマンは状況を把握するのにたけていて、不用な動きをするほど愚かではなかった。すぐにおれのことを害意がないと判断したらしかった。そっぽを向いて関心がないふりをした。

もちろん、あくまでもふりにすぎない。いざとなれば容赦なしに牙を剝《む》いておれに襲いかかってくるのに間違いない。そのことは承知のうえで細心の注意をこめて少女に接することが肝要だろう。

「………」

少女のまえに立った。

少女がおれのことを見あげる。その目がつぶらだった。多分、その表情を虚ろというのは当たらない。そうではなしに、あまりに無垢《イノセンス》にすぎるのだ。奇跡のように、あるいは痛々しいほどに、この世の汚濁からまぬがれていた。

少女は分裂症型パーソナリティ障害という診断を受けていた。軽度の自閉症ということだろうか。専門家ではないおれにはわかるはずのないことだった。

ヤスタカからはこの少女についてこう説明を受けている。

——少女はイヌと接することで初めて世界に触れることができた。イヌをトレーニングすることで言語が世界を開示するのをありありと実感することができた。イヌを介して世界に対峙するすべを学んだのだ……

要するにその少女にあってはペットセラピーが非常に顕著に治療効果を奏したわけなのだろう。が、それだけではなかった。ただそれだけのことなら、おれがこうして訪ねるまでもないことだった。

少女は異常なまでにイヌに対してシンパシーを持つことができるのだという。ほとんどイヌの気持ちが理解できるといっていいほどまでに——そのことはすでに説明したとおりだ。

おれは少女のまえに立って、どう声をかけたらいいか、しばらく決めかねていた。決めかねるのが当然だろう。多分、おれには九歳の無垢な少女にかけるべき言葉の持ちあわせなどない。

結局はありのままを飾らずに説明することにした。それ以外に少女と言葉を通わせるすべを知らない。

「おれはガブという名前のバセットハウンドを飼っていた。そのガブがどこかに行ってしまった。ある人が、おれの電脳が初期化されたために、ガブはおれの魂を見失ってしまったのだろうと言った。おれにはそれが真実かどうか判断できない。そもそも魂などというものがあるのかどうか、そのこと自体がわからない。だが、おれは……」

「いいよ」そのとき少女がおれの言葉をさえぎったのだった。目に見えない空に向かって小鳥が羽ばたくようにすばやく――「わたし、そのガブというイヌを捜すのを手伝ってあげる」

9

「ここなのか」おれは訊いた。

「そう」キリはうなずいた。「ここ」

その口調からはあいかわらず鳥が飛びたつような唐突さが感じられる。この世のつねの人のようではない。

それが少女自身のパーソナリティであるのか、それとも分裂症型パーソナリティ障害にともなうものであるのか、おれにはわからない。ただ少女が話すのを聞くたびになにか非常に痛々しいものを覚えずにはいられない。

それはまるで天使がこの地上に降りたって生きて話すのを聞くかのようだ。この地上で生きるにはあまりに天使という存在はイノセンスにすぎるだろう。あまりに痛々しい、それと同じことだ。

「わかった。ありがとう。ここで待っていてくれ」おれはそう言って車から降りた。

ジョンが悲しげに吠えたあの十字路から南に二キロほど行ったところである。キリに言わせるとガブはここまで何者かに車で運ばれてきたのだという。

繁華街の裏通り……片道二車線の車道分離帯に巨大なアーク灯がそびえている。そのアーク灯がはるか彼方の尖塔（戦闘）ビルの廃墟をきわだたせていた。

街のいたるところに蛍光灯、プラズマ光、アルゴン・ガスがともされているが、それが奇妙に明るいという印象をもたらさない。一つには歩道の鉄格子から暖房の水蒸気がたちのぼってそれが一面に歩道を閉ざしているからだろう。その灰色の水蒸気のなかに暖を求めて歩道に群れるハトたちの影が舞っていた。

キリとの連想からだろうか。なにか非常に小さな天使の群れが舞っているのを見るかのようだ、とそう思った。

その水蒸気の霧のなかにチューブ・サインの赤い色がにじんでいる。

GO-D-OG。

『神のイヌ』、とでも訳せばいいのだろうか。そのロゴを見るかぎり、最近、急速に増えてきたインナーネット・カフェの一軒であるようだ。

ガブはそのインナーネット・カフェに足を踏み入れているのだという。

キリはＡＩ・ヘッドギアを介しておれの電脳にアクセスした。おれの電脳を介してガブの魂にアクセスしたといったほうがいいかもしれない……その両者の微妙な違いはおれの理解の範囲を超えて神秘的でさえある。おれにはよく説明することができない。

警察犬のジョンは臭跡追跡に失敗した。キリはガブの魂を追ってここまで来た。臭いは消えても魂は消えないということか。やはり、よくわからない。

『神のイヌ』に向かおうとしたおれに車のなかからキリが声をかけてきた。「本当にガブのことが好きなんだね」

「そうだな、多分」おれは頷いた。「ああ、そうだ」

「わたしがどうしてキリと呼ばれてるか知ってる」

「いや」おれは首を振った。

「この街と同じ」

「この街と」

「うん。霧の、キリ」

「…………」

「霧が晴れるのキリ……イヌの魂に触れるとわたしのなかで何かそれまで曇っていたものが

晴れるの。きれいに晴れる」

「………」

「ありがとう」唐突にキリが礼を言った。

「なにが」おれは面食らう。

「あなたはガブのことを愛している。おかげでわたしはガブの魂を抱くことができた。わたしのなかの霧が晴れた」

おれはあいかわらず面食らっていた。面食らいながらも言った。「礼を言うのはおれのほうさ」

「その人にも会えるといいね」

「え？」

「あなたの魂のなかにはガブ以外にもう一人いる。あなたはその人に会いたいと希《ねが》っている」

「その人に……」

「大丈夫、きっと会えるよ」

ふいにおれのなかで何か激しいものがうねった。その激しいものに心の底から衝きあげられるのを覚えた。多分、それは哀しみに似ていた。

「祈っていてくれ」耐えきれずに衝動的に口走っていた。「その人に会えるように祈ってくれ」

とたんに後悔の念を覚えた。気恥ずかしさがこみあげてきた。祈っていてくれだって……いい歳をした男が九歳の少女に言うべき言葉ではない。

おれは車に背を向けて『神のイヌ』に向かった。キリが声をかけてきた。

「大丈夫だよ、きっと会えるよ。だってあなたはそんなにもイノセンスなんだから」

このおれがイノセンス？　まさか……

10

「バセットハウンドか。たしかにそのイヌだったらこの『GO-D-OG』に入ってきたことあるよ」と女はそう言い、おれの顔を見て、急いでつけ加えた。「そうは言ってもそのイヌの体が入ってきたわけじゃない。魂《ソウル》が入ってきたわけなんだけどね」

「魂《ソウル》が……」

本気で言ってるのか。それとも薬でラリってでもいるのだろうか……とっさにそのことを判断しかねて、おれはまじまじと女の顔を見つめずにはいられなかった。

女は自分ではそうは言わない。客を装っている。が、客ではない。どこか微妙に違和感がある。多分、『GO-D-OG』をねじろにしている娼婦ではないか。

三十代後半、すでに四十に近い。目が大きく、頬骨が高く、色が浅黒い。何とはなしに倦怠感を漂わせている。かつては美人だったろうと思わせる。いまもそのころの名残がかすかに残っている。こんなときでなければ酒のお相手なりと願いたいところだが、薬中毒、神がかりであればご免こうむりたい。

なにぶんにも場所がインナーネット・カフェであるだけにそうした連中には気をつけたほうがいい。インナーネット・カフェはこのところ急速に増えてきた。それだけ需要が多いということだろうが、義体《サイボーグ》のおれにはどうして人間がインナーネット・カフェに足を運んでまでしてわざわざ感情を購《か》うのかがわからない。

そう、インナーネット・カフェで売られているのは酒のカクテルばかりではない。喜怒哀楽、愛に快感、嫉妬から不定愁訴にいたるまで様々な要素がブレンドされた感情のカクテルも売られている。要するに精神変容ドラッグであり、表向きは依存性もなければ、後遺症もないことになっているが、実際にそうであるかどうかは保証のかぎりではない。

神経細胞の受容体に反応して感情を捏造させる合成物質がまったく何の痕跡も残さないなどとはちょっと信じがたい。店で売られているだけならともかく、客のあいだでも活発に取り引きされていて、合法ぎりぎりというより、むしろ非合法すれすれといったほうがいいだろう。

しかし情感のうつろいこそは人が生きていくうえでのそもそもの基盤ではないか。それすら合成されて（いまも客たちはバーテンに、愛が四十パーセントに欲望が三十パーセント、残りは喜びを適当にうねらせて、などと注文しているのだが）、人間はこれから何によすがを求めればいいのだろう。自分の感情すらが自分のものでなくなったとき人はその先に何を求めることができるのか……

おれが『GO-D-OG』に入るなりすぐに、カウンター席にすわっていた女が、ねえ、わたしの心を買わない、と声をかけてきた。

ここでは人の感情が精神変容ドラッグに合成されて売り買いされている。なかには自分の気持ちをそのまま切り売りしている者もいる。いちがいに娼婦、男娼のたぐいと決めつけるのは誤りだろうが、そうしたビジネスの人間が多いことは否めない。

「売るのは心だけか」

「心は売っても」女はクスクスと笑う。「体は売らないわ」

「迷いイヌを捜している。ガブという名のバセットハウンドだ。このあたりでいなくなった。心当たりはないだろうか」単刀直入に尋ねることにした。

それで前記のような答えを得たわけなのだが、なにしろ場所が場所だ、おれが女の精神状態を危ぶまざるをえなかったのは当然のことであったろう。

女はおれの凝視の意味するところに気がついたようだった。鼻にかすかに皺《しわ》を寄せるようにして笑う。頷いて、そうか、わたしのことを疑ってるのか、と言う。

「こんなふうにして人とのあいだに気持ちのやりとりをしてるとね。しだいに何かべつのものの存在を感じるようになるの」明らかに精神変容ドラッグの取りすぎだ。その声が無惨なまでにしゃがれていた。

「べつのもの？　それは何だろう」

「何かこの世のどこかに感情のプールのようなものがある。ううん、プールじゃない。もっと大きい。海ね。無限に広い海のようなもの……そんなものが確かにある」

「あんたは何を言ってるんだ。何の話をしてるのかわからない」

「人の思いはね、じつは一つなの。それが海のように一つつながりにつながっている。みんなはその海で別べつに泳いでるから自分たちはバラバラに生きてるように錯覚してる。だけど本当は誰もが一つの大きな海で泳いでいるの」

「人の思いは一つの大きな海」おれはつぶやいた。「誰もが一つの大きな海で泳いでいる……」

「人だけじゃないよ。イヌもネコもみんな一つの大きな海で泳いでるの。だから、わたしにはあんたのイヌの魂を感じとることができた――」

「…………」

「ねえ、あんたはそんなふうに感じたことはない」

おれはすこし考えた。そんなふうに感じたことがあったろうか。あればどんなによかったことか……心底からそう思う。しかし、なかった。おれは自分が人と一つの海でつながっているなどと感じたことは一度もない。

おれは、いや、と首を振って言った。「ない」

「バカね」女は腹立たしげにカウンターを掌でぴしゃりと叩いて言った。「そんなふうだからイヌからも逃げられちゃうのよ」

そのときカウンターのなかでバーテンダーが動いた。動きは機敏だが、すでに老人といっていい年齢にさしかかっていた。近づいてきて女に声をかけた。多分、名前だろうと思うのだが聞きとれなかった。

「悪いけどな」そして言った。「裏から氷を持ってきてくれないか」

「うん」

女は素直にうなずいて席を立った。そのまま離れていくのをおれとバーテンダーが目で追う。目を戻すときに二人の視線が合った。

「あれでも」バーテンダーが言った。「昔はいい女だったんだぜ」

「いまでもいい女じゃないか」

「ああ、だけどな、昔はもっといい女だったのさ」

「そのころに会いたかったたな」

「こう言っては何だが」バーテンダーが笑って言う。「あんたはそのころのあの子の好みじゃない」

「そうか。物事はうまくいかない」

「そうだな、物事はうまくいかない」バーテンダーは頷いて、そのまま口調を変えずに言った。「このところチェイリー・リンの身内が飼い犬を何百匹と攫《さら》っているという話だ。フロッギーという男がいる。そいつが率先して動いているそうだ。多分、あんたのイヌも連中に攫われたんじゃないか」

「…………」

おれはバーテンダーの顔を見た。

といってもバーテンダーの言葉に驚いたわけではない。その言葉自体にはさして驚かなかった。仕事柄、バーテンダーは人の素性を見抜くのに慣れているのにちがいない。多分、おれがその筋の人間であることも察しがついているだろう。

チェイリー・リンの組織がイヌを攫うのに動員されているのではないか、ということもすでに疑っていた。あれほど多数のイヌを攫うからにはかなりの組織力を必要とする。それだけの人数を動員できる組織はかぎられているだろう。チェイリー・リンの組織を疑わないほうがおかしい。

いまにして思えば、フロッギーがおれに声をかけてきたその行動自体があまりに性急にすぎた。どこか不自然だった。多分あれは、おれを通じて、公安九課がどの程度ブリーダーのことを知っているのか、それを探ろうとしたのではなかったか。

チェイリー・リンは非常に食えない男だと聞いている。ブリーダーに命を狙われるまま、ただ手をこまねいているようなことはしないだろう。ブリーダーに何らかのバーターを持ちかけた。そして自分の命と引き替えにブリーダーに協力することを約束した……それぐらいのことはやりかねない。

ブリーダーがさしむけてきたあの毛人形にはイヌの神経細胞が使われていた。そのことにもっと留意すべきだった。それも事前にチェイリー・リンが大量にイヌを仕入れていたから可能になったことではないか。

　そう、バーテンダーの話それ自体にはさほど驚くべき内容は含まれていない。真に驚くべきはバーテンダーがチェイリー・リンの組織のことを恐れもせずに密告したそのことだろう。

「そんなことを言っても大丈夫なのか」そのことを懸念せずにはいられなかった。

「なに、このとしだ。もう怖いものなんかないさ。それにあんたはあの子の話をバカにせずに聞いてくれた。ここに出入りする人間は、あの子の気持ちを弄《もてあそ》ぶだけで、まともに相手になってやろうとしない」

「………」

　そのとき彼女がカウンターに向かって戻ってきた。それを横目で見ながらバーテンダーは顔をおれに近づけて囁きかけた。

「なあ、あの子がイヌの魂を感じたというあの話、多分、本当のことだぜ」

　おれはバーテンダーの顔を見て、その目を彼女に移し、さらにバーテンダーに視線を戻した。そして、ああ、そうだろうな、と頷いた。「そんなことはわかっていたさ」

After The Long Goodbye

Chapter 5

わが手を取れ

Take my arms

1

ここでとりあえず情況説明しておいたほうがいいだろう。

ここは甲園狗場《ドッグ・レース・スタジアム》だ。そのスタンドの三階に設けられたＶＩＰルーム。クラシカルな趣味に統一された非常に豪華な部屋なのだ。

正面は巨大な一枚ガラスの壁になっていて、そこからパドックのオーロラ・スクリーンをのぞむことができる。スクリーンでは波動関数化された匂いが華麗にオーロラ光をあやなしていた……もっとも、それは偏光ガラスであって、パドック側からはＶＩＰルーム内を見ることはできないのだが。

おれはチェイリー・リンにいきなり面会を求めた。もちろんアポなしだ。これはそもそもが無茶な話なのだった。

あらためて断るまでもないことだろうが、チェイリー・リンはこの街の闇社会を一手にぎゅうじっている。実質上、市長をしのぐ権力者なのだ。大物中の大物といっていい。彼ほどの大物となると、たとえ市長であろうと容易に会うことはできない。ましてや公安九課の一課員ごときがアポなしで会うのは至難のわざだった。

つまりは、それがおれがＶＩＰルームの入り口でフロッギーを筆頭に半ダースものボディガードたちと押し問答をしている理由であるのだが――

会いたい、会わせない、のやりとりがつづいてついにフロッギーはしびれを切らせたようだ。手で合図して部下のガードマンたちを後ろに下がらせた。自分一人でおれの相手をすることに決めたらしい。これは要するにどんな決着も辞さない、という意思表示の表われでもあるのだろう。

物騒きわまりない話だが、こうなれば捨て身でかかるしかない。

おれは言ってやった。「おれがここに来たのはミスター・チェイリー・リンに会う必要があったからだ」

「だから……それは……どんな必要なんだ。ミスター・リンには……あんたに会う必要なんかねえ」

実際にはこれほど明晰な発音ではない。フロッギーの声はちぎれちぎれにかすれて非常に聞きとりづらい。喉のバイブレーションを補助装置で音声変換しているのだが、それでもその声が聞きとりづらいことには変わりない。

「あんたたちは手当たり次第に街からイヌを連れ去ってるそうじゃないか。毎日、組織的にイヌを街から連れ去っているという話を聞いた。インナーネットにそんな噂が流れている」

「インナーネットの噂……を信じたのか」

「信じちゃ悪いか」

「最近の警察は……噂で動くのか。それほど暇……なのか」

「警察が動いてるわけじゃない。たんにおれが個人的な理由から動いているにすぎない」

「個人……的な理由とは何だ」

「おれはガブというイヌを捜している。バセットハウンドだ。そのイヌさえ返してもらえばさっさと退散する。もうミスター・チェイリー・リンの邪魔はしない」

「バセットハウンド……」

フロッギーのカエルに似た目がさらに大きく見ひらかれた。まじまじとおれのことを見つめている。おれの言葉に腹の底から仰天していた。

それも当然だろう。まさかペットごときのことでかのチェイリー・リンに面会を強要する人間がいようなどとはそもそも彼の想像を絶することだったにちがいない。

「バ……バカか……てめえ……ミスター・リンがどういうお方だか……わかっているのか」

わかっている。それも十分にわかりすぎるほどに——

チェイリー・リンは裏社会のドンでこれまで数えきれないほどの人間を殺してきた。指を鳴らせば人が死ぬ。人をつかって殺すことが多いが、ときに若いときの苦労をしのんで慢心しないために自分で手を下すこともあるのだという。

こともあろうに、そのチェイリー・リンに対してイヌを返して欲しいから会いたいとそう言うのだ。正気の沙汰とも思えない。無謀といおうか何といおうか——いや、ここはやはりフロッギーの意見を尊重して、バカというべきだろう。おれ自身が口に出してみて自分の言葉のあまりの大胆さに驚いていた。

「それでも」おれは言った。「おれはミスター・リンに会う」

フロッギーの視線が、一瞬、おれから逸れて、宙をさまよった。何かを考え、すぐに決断した。あらためておれの顔を見た。ニヤリと笑う。チッ、チッ、と舌を鳴らし、顔のまえで人さし指を振ってみせた。「ミスター・リンに……会わせるわけには……いかねえな」

ふいにフロッギーの全身の輪郭が溶けたかのように見えた。両手をダランと下げてわずかに前かがみになる。非常にリラックスしていた。フロッギーは人を殺すときには心身ともに弛緩するわけなのだろう。生まれついての人殺しなのだ。

「…………」

おれは冷たい戦慄めいたものを背筋に感じていた。フロッギーは相手がすこしでも動けばナイフを使う。躊躇《ちゅうちょ》しない。ほんのすこし、そう、指の一本なりと動かせば、そのナイフはおれの肋骨のあいだにスルリと入ってくることだろう。

噂ではそのナイフは彼が子供時代に慣れ親しんだ劣化ウランを使用していて、どんなものもバターのように容易に切り分けてしまうということなのだが。

「いいから……」フロッギーの声はあいかわらずかすれていたが、どこか陶酔感のようなものが滲んでいるようでもあった。「動いてみなよ……案外、運よく……ミスター・リンに会えるかもしれねえぜ」

じつにきわどい瞬間だった。ほんの一瞬のタイミングのずれがフロッギーのナイフを誘う。

人間《フレッシュ》であろうが義体《サイボーグ》であろうが彼のナイフから逃れることはできない。すでにして彼の目にはおれは死体として映っているはずだった。そのはずだったのだが――

「…………」

そのときふいにフロッギーのおれを見ている表情が変わったのだ。目が虚ろになった。関心がおれから離れたようだ。

わずかに首を傾げて何かに聞き入るような表情になった。クリスマス・シーズンをひかえて待機しているトナカイがサンタクロースからの出動命令を受けているかのような表情とでも言えばいいだろうか。忠誠心を絵に描いたような表情だ。

ボスからの命令を受けているわけなのだろう。多分、その鼓膜にはナノ通信子が埋め込まれているのにちがいない。チェイリー・リンのことだ。部下の忠誠を得るためだったらその体内に爆弾を埋め込んだところで不思議はない。

やがてフロッギーの視線がおれのもとに戻ってきた。そして、どこか放心したような口調で言う。「ミスター・リンがお会いになられるそうだ」

言外に行儀よくしろという含みが込められていた。さもないとおしおきがひどい、、、、。

2

じつはおれはこれまでチェイリー・リンに会ったことはない。チェイリー・リンはフォトを好まない。したがってメディアでも彼の顔を見たことはない。一度、タブロイド紙に彼の顔を模したマンガが掲載されたことがあったが、その後、その編集長とマンガ家は消息を絶ってしまった。

もちろん、誰もその二人がハワイで老後を送っているなどとは思わない。そんなことがあろうはずがない。二人は消されてしまったのだ。

事態をなおさら悲劇的なものに——あるいは喜劇的なものに——しているのはそのマンガがチェイリー・リンに似ても似つかないものだったことだ。マンガ家はチェイリー・リンをいかにも怪物的に描いたが実像はそれにはほど遠いものだった。

実際のチェイリー・リンには飯店の料理人を連想させるようなところがあった。それも高級飯店の料理人ではない。どちらかというと屋台のオヤジといったほうがいい。

炒飯《チャーハン》、粥《ウ》、ホイコーロウ、湯麵《タンメン》……そうした安直な食事を手早く調理して食べさせる。食べているときには非常に美味いが、あまりに化学調味料の後味が悪すぎる。要するに安いものは安いものなりの味しかしない。

タイペイに行けばこんな顔だちをしたオヤジを街のそこかしこで見かけることができる。ランニングの下着に、半ズボン、前掛けをつけて、おたまを振り回し、大声でわめいている。陽気で、がさつで、欲が深くて、貫禄がない。チェイリー・リンはそうした人物だった。その実像は裏社会の大物という世の評価を大いに裏切っていた。

驚いたことに、実際に、ＶＩＰルームの一角にシステム・キッチンが設置されていたのだ。

そこでチェイリー・リンは中華鍋で炒め物をし、麺をゆでながら、ひとり忙《せわ》しげに動きまわっていた。

　まさか、ランニングの下着に半ズボンという姿でこそなかったが、安物の開襟シャツに、チノ・パンという姿は、ラフなことではさして違いはないだろう。やはり前掛けをつけていた。年齢は六十そこそこというところか。小柄で、半白髪、瘦せている。どちらかというと貧相な印象のほうがまさっている。

　そんなふうに忙しげにたち働きながら、ときおりガラス壁ごしにオーロラ・スクリーンに視線を投げかけていた。

　スクリーン上では匂い＝波動関数がローカライズされたウサギが懸命に走っていた。そのオーロラ光がパドックを虹色にあやなしてそこを走るグレーハウンドを七彩にいろどっていた。六匹のグレーハウンドたちが虹のなかを走っている……

　人間にとってはそのパドック上の光景が現実のものであるのだが、イヌにとってはそのスクリーン上の匂い＝波動関数こそが現実のものに他ならない。

　現実とは何か。虚構とは何か？　その相違について哲学的な思考を誘われる光景だった……むろん、哲学的な物思いにふけることほど、おれから縁遠いものはない。要するにがらではないのだ。

　がらではないといえば、チェイリー・リンはもっとそうで、彼にとってはこのすべてはビジネス以外の何物でもない。どんなものも彼から哲学的な思考を導き出すことなどできそうにない。彼は料理で非常に忙しい。

料理で忙しいチェイリー・リンはそれと同時に喋るのにも忙しい。饒舌で、軽薄で、やはりタイペイの屋台のオヤジを連想させずにはおかない。屋台のオヤジがメニューの内容を説明する……いってみれば、その口調なのだ。

その物腰、口調のどこにも闇社会の大物といった言葉から受ける印象を裏づけるようなものはない。ただもうぺらぺらと喋り、喋って、喋りつづけるのだった。

「たしかに私らは何百匹ものグレーハウンドを所有してるよ。何百匹、あるいは何千匹か。それは、まあ、それだけの数のグレーハウンドを確保するには、多少、乱暴な手段も使わなければならない。そのことまでは否定しないよ。だけど誓って、非合法な手段は使ってない。非合法すれすれの手段も使ってないか、と言われれば、そのことまでは否定しようがないけどね。なにしろビジネス・ジャングルだからね。いつだって強引な方法をとらざるをえない場合はあるよ。しかし、それにしても、あくまでもすれすれであって、いつだって合法の範囲にはとどまってるはずなのよ。それに――」

チェイリー・リンはそこで熱く焼けた中華鍋に油をまわし入れた。油がジューッと音をたてて煙りをあげた。換気扇が自動的に作動した。

「私らが必要としてるのはグレーハウンドであってバセットハウンドでないよ。バセットハウンドは怠け者で大食いだ。あんなものを欲しがる人の気が知れないよ」

バセットハウンドの悪口を聞くのは気分のいいものではない。たしかにガブは怠け者で大食いには違いないが、なまじ当たっているだけに、なおさら気分を害されずにはおかない。じつに不愉快なのだ。

が、どんなに不愉快であろうと、チェイリー・リンのまえで自分の気分をあらわにさらけ出すのはひかえるべきだ。チェイリー・リンは屋台のオヤジに似ているが、彼が料理するのは必ずしも死んだ食材だけとはかぎらない。ときには生きた食材を料理することもあるのだ。生きたままで、骨関節と筋肉の腱をバラバラに切り離され、腑分けされることになるのは、それこそ気分のいいものではないだろう。

タイペイの屋台のオヤジという印象と、その裏社会の大物という実体とが、あまりに乖離《かいり》しすぎていて、どうかすると言葉遣いを誤りそうになる。ついぞんざいな口をきいてしまいそうになるのだ。むろん、チェイリー・リンは、よしんば市長本人であろうと、ぞんざいな口をきいていいような相手ではない。

おれとしては口のきき方に気をつけなければならない。細心の注意をこめて言葉を選ばなければならない……そのことが非常なスリルを誘う。その一言一言に冷や汗をかかずにはいられない。

おれは慎重なうえにも慎重に話を進めた。まるでナイフの刃に徐々に舌を這《は》わせているかのように。

「おれにはどうも理解できないのですが、どうして何百匹、何千匹ものグレーハウンドが必要になるんでしょうか。ドッグ・レースに参加するイヌの数は六匹じゃないですか。それで、あなたが経営なさっているドッグ・レース場は三つ。一日のレース回数は五回というところでしょう。予備や、訓練中のグレーハウンドも含めても、せいぜい百匹も用意すれば十分なんじゃないでしょうか」

「ところで」チェイリー・リンが唐突に尋ねてきた。「イヌの血液型には何タイプあるのか知ってるか」

「え、いや……」おれは面食らった。これまでイヌの血液型のことなど気にかけたこともない。

「十三タイプよ。十三タイプあるのよ」

「………」

「それでイヌの血液にも人間のO型のようにその十三タイプのすべてに輸血できる血液型があるのよな。そのこと、あんた、知ってたか」

「いえ、知りませんでした」

「グレーハウンドよ。グレーハウンドのほとんどがこの十三タイプすべてに輸血できる血液を持ってる。それで私らはグレーハウンドを大量に確保してるわけなのよな。いまやイヌは人間の最良の友よな。違うか。違わない。ペット亡くすのは非常に淋しい。そんな淋しい人をできるかぎり減らすためにも、私ら、グレーハウンドを大量に確保してるわけよな。イヌ怪我する。輸血が必要。でも血液たりない……そんな事態を避けるために、グレーハウンド、何百匹、何千匹と必要なのよな」

「…………」

「私ら、グレーハウンドから定期的に血液を抜いてる。そのこと残酷か。違う。そうじゃないね。もちろん血を補給するために、鉄分サプリメントを食事と一緒に与えることを忘れない」

チェイリー・リンは包丁を取ると青梗菜《チンゲンツァイ》を軽やかに刻んだ。使い込んで黒ずんでいる俎板《まないた》がトントンとリズミカルに鳴り響いた。そのリズムに乗せて自分も唄うように言う。

「あなた、わかったか。血を採るためにグレーハウンドが必要。でもバセットハウンドは何の役にも立たない。それなのにどうして私らがバセットハウンドなんか必要とするか？　バセットハウンド、怠け者の大食い。バセットハウンドなんか必要ないね」

「…………」

一瞬、躊躇《ちゅうちょ》した。なにぶんにも相手が悪い。悪すぎる。ここはチェイリー・リンの言い分をそのまま鵜《う》呑《の》みにしておとなしく引き下がったほうが利口というものではないか。そう、そのほうが利口であるには違いない。ガブがあれほどまでにイノセンスな目をしていたのでなかったら、多分、そうしていたことと思う。しかし——

おれには言うべきことがある。このまま大人しく引き下がることなどできるはずのないことだった。

「イヌには魂《ソウル》がある。どんなイヌにもソウルがある。ソウルを持っていないイヌはいない。グレーハウンドにしてもバセットハウンドにしても。——あんたはそのことを知っていた。

知っていたからこそソウル欲しさに片っ端からイヌを攫っているのではないか」

3

チェイリー・リンはおれの言葉を聞いていないかのように振る舞った。俎板のうえの青梗菜をそのまま手づかみにして中華鍋のなかに放り込んだ。油がジューッと派手な音をたてて煙りを噴きあげた。その煙りのなかにチェイリー・リンの顔が揺れていた。

「どうしてわたしの会社がチェイリー・ブラザーズ公司というのか知っているか」とチェイリー・リンが言った。「ブラザーズなのにブラザーがいない。わたしには兄がいた。あなた、その兄がいまどこにいるか知っているか」

おれは戸惑った。そんなことはこれまで考えたこともない。いや、と首を振った。「知らない」

「ここにいる」チェイリー・リンは自分の頭を指で突いた。「わたしの頭のなかに」

「…………」

「二十八年まえ、私は、双子の兄と一緒にこの国に渡ってきた。正確には渡って来ようとしたというべきなのよな。とうとう兄はこの国家にたどり着くことができなかったのだからね。私たちは密入国者だったわけなのだよ」

「…………」

「さあ、あれで三十人ほどはいたろうかね。小さな漁船の船倉に押し込められてろくに息もできないほどだった。水もなかったし食料もなかった。もちろん横になるのなどとんでもない。私たちは立ちづめで海を渡ろうとしたわけなのさ。ところが東シナ海で海賊に襲われた。昔もいまもあの海には密入者相手の海賊が横行している。めずらしい話ではないよ」

「…………」

「海賊たちは武装している。哀れな密入者に立ち向かうすべなどあろうはずがない。アリガネをすべて奪われたよ。カネがない人間は海に突き落とされた。それでもカネがある人間からは命までは奪おうとはしなかった。密入者たちはいわばカネで海賊から自分たちの命を買い取ろうとしたわけなのだ。私たち兄弟もそれ相応にカネは持っていた。問題は——」

そこでチェイリー・リンはスパイスの缶を取ってそれを大鍋のなかに振り入れた。鶏ダシのスープを食材にひたひたになるまで入れた。さらに豆板醬《トウバヌジャン》の大瓶を取っておたまですくい入れる。そしてそれを丹念に炒めた。非常に手ぎわがいい。あまりに手際がよすぎて何か偏執的なものさえ感じさせるほどだった。香ばしい匂いが厨房にたちこめた。

チェイリー・リンは料理に専念しているように見えた。自分がそれまで何を話していたのか、それさえ忘れているかのように見えた。それとも、わざとおれをじらして、そのことを楽しんでいるのだろうか。

「問題は」おれはチェイリー・リンをうながさずにはいられなかった。「何だったんですか」

チェイリー・リンは頷いて、問題は、と繰り返して、「私たちの持っていたカネが一人の命をあがなうのに足りるだけしかなかったということなんだよ。兄弟二人の命をあがなうのには不足していた。私たちのうち、どちらかは死ななければならなかった。気がついたときには兄の姿は甲板になかった。私を助けるために海に飛び込んでしまったらしい。多分、兄はそのまま死んだ。私は生きてこの国家に渡ってきた……」

「………」

「私がこれまで必死に働いてきたのは兄のためだった。私は兄を何としても取り戻したかったのだ。不可能なことではない。兄と私は一卵性双生児だった。遺伝子が同一でまったく別々の個体であるわけね。一卵性双生児においては細胞核内にある遺伝子はすべて同じなわけなのよな。個体の発生過程で受精卵が割れて二個の個体ができてしまう。

それでは死んでしまった双子の兄をどうやって取り戻せばいいか。じつに簡単な話だよ。私のクローン人間を作ればいい。私の細胞核内には私のすべてである遺伝子細胞があまねく存在している。言葉を代えれば私の細胞核内にはすべて私の兄が存在しているといってもいい。そうだろう。誤解しないで貰いたいのだが、私としては何も自分のクローン人間など造りたかったわけではない。私は自分の双子の兄を取り戻したかったのだ」

4

チェイリー・リンは鍋のなかの料理を小皿に取ってフロッギーを呼んだ。フロッギーは神妙な顔をしてキッチンに入った。小皿のスープを味見してこれもおごそかな顔をして頷いてみせた。美味《おい》しい、ということか。

チェイリー・リンはフロッギーの味覚を信じていないようだ。疑わしげに訊いた。「味は薄くないのことか。塩気が足りないのではないか」

フロッギーが、大丈夫です、薄くないです、と断言するのを聞いても、まだ疑わしげな表情のままでいる。さらに小皿にスープを入れて、おれのほうを向いた。おれにも試食しろ、というのか。

せっかくだが、義体《サイボーグ》のおれが試食したところで何がわかるわけでもない。おれが首を横に振るのを見て非常に悲しげな顔になった。小皿のスープを口に含んで、ちょっと首を傾げて、調味料を加えるかどうか迷った。結局はそのままで料理を進めることに決めたようだ。中華鍋の横に小皿を置いてそのまま話を進めた。

「私は双子の兄を求めて何人かのクローンを造ったよ。もちろん国際法ではクローン人間の製造は禁じられているが、私は双子の兄を求めているのだからね。そんなことは知ったことではなかった。それでは何人かのクローン人間を造って私は兄を取り戻すことができたろうか。残念ながらそういうわけにはいかなかった。私の記憶にある兄には輝きがあった。独特のオーラのようなものがあった。だが、クローン人間にはそれがない。クローンの誰ひとりとして輝きなどなかった。そう、彼らには魂《ソウル》がなかった」

「…………」

「きみの言うとおりだよ」チェイリー・リンがどこかひっそりとした声で言った。「イヌにあってクローン人間にないもの、それは魂《ソウル》だった。だが、ソウルというのは何だろう。私はそれを確かめるために何百匹、何千匹ものイヌを誘拐させた。クローン人間にイヌのソウルをダウンロードさせればそこに双子の兄が生まれるのではないか。だが、イヌのニューロン信号パターンをそのまま閉回路にしてダウンすることはできてもそのソウルをコピーすることはできない。私はいまもクローン人間を造りつづけているが、おぞましいゾンビばかりが増えつづけて、ついに双子の兄はできなかった……」

「どうして」とおれは訊いた。「わざわざ飼い犬ばかりを攫う必要があったんですか。あなたの資金力をもってすればそれこそブリーダーから何千匹というイヌを買うことができたろうに」

「飼い犬でなければならなかったのよな。愛されたイヌだけがソウルを持つことができる。そうでないイヌにはソウルなどというものはない。愛されなかったイヌは——」ふとチェイリー・リンはそこで言葉を途切らせた。

なにか哀切な響きが宙に漂うのが感じられた。宙に漂って虚空に消えた。このチェイリー・リンという男はただの一度として人から愛されたことがなかったのではないか……ふと、おれはそんなことを思った。この男は人から恐れられるばかりで、ついに愛されることがなくて、その結果、自分はどこかに魂を喪失してしまったのではないだろうか。

おれは迷った。チェイリー・リンに対しておれが言おうとしていることはあまりに大胆にすぎるのではないか。いや、大胆なのを通り越して、いっそそれは無謀というものではないのか。しかし――

「あなたは嘘をついている。あなたは本当のことは何ひとつ言っていない」結局、おれは自分の言うべきことを言うほかはない。おれはそんなふうにして、これまでを生きてきたし、多分、これからもそれ以外に生きるすべはない。

5

フロッギーの顔色が変わった。その目が陰険に濡れて光った。その仕立てのいい背広の下でわずかに肩の筋肉が膨れあがるのが感じられた。おれのほうに一歩を踏み出そうとした。

「やめろ」チェイリー・リンが静かに疲れ切った声で言った。「わからんのか。おれはもうそういうことにはうんざりしているんだ。飽き飽きしているんだ」

「…………」

フロッギーの殺意が行き場を失ってどこか虚空の果てをさまようようなのが感じられた。ボスを見る目が迷子のように途方に暮れたものになった。よく見るとフロッギーは童顔といっていいほど幼い顔をしている。非常に心細い表情になっていた。

チェイリー・リンはおれを見て訊いた。「なにが嘘だというのかね」

一瞬、間があった。おれが答えるのをためらう間だった。人は正直が美徳だというがそれも程度問題であるだろう。過度に正直でいることはときに命取りにもなりかねない。が、答えた。

「お兄さんは自分から海に飛び込んだのではない。あんたが自分が助かりたいためにお兄さんを突き落とした。あなたがお兄さんを殺したのだ」

フロッギーがハッとしてチェイリー・リンの顔を見た。フロッギーにしてからがこれまで知らなかった事実なのだろう。ボスの顔を見て、戸惑うようにすぐにその視線を逸らした。

「それにあなたが双子のお兄さんを取り戻したいためにご自分のクローン人間を造っているというのも真実ではない。あなたはクローン人間たちを自分の身代わりに使っている。暗殺者たちからの楯に使っているんじゃないのか」

ＶＩＰルームに静寂がみなぎった。異様なまでに緊張を孕《はら》んだ静寂だった。その緊張はどこか底のほうで哀しみにつながっているようだった。

おれはふと素子のことを思い出していた。素子と一緒にいたときにはいつもこんなふうにして二人で静寂のなかに佇《たたず》んでいたかのように思う。その静寂がやはり哀しみを孕んでいたのかどうか、いまとなってはもう、そのことが思い出せずにいるのだが。

やがてチェイリー・リンが言う。「私は汚れきっているというのか。私はすでに無垢なものを失ってしまっていると……」

「わかりません。わたしは一介の公務員にすぎない。法にてらして人を裁くことはあってもその魂《ソウル》を裁くことはできない。わたしにはそんな資格はないのです」

「私はそれでも兄をこの手に取り戻したいと願っているのだ。もう一度、仲のいい双子の兄弟に戻りたいと念じている。その気持ちに嘘はない。わたしは自分がイノセンスな人間に戻ることができるとそう信じている。私のような人間がそんなことを信じるのは滑稽だというのか」

「わかりません。わたしには人の魂《ソウル》を裁く資格もないし、そうするつもりもありません。わたしは何がイノセンスで何がそうでないのかそれさえわからない男なのです」

「何がイノセンスで何がそうでないのか……」チェイリー・リンは放心したような声でつぶやいた。

「わたしにはガブというイヌがいる。バセットハウンドです。多分、わたしがこの世で唯一、愛している存在だと思います。あなたが双子のお兄さんを取り戻したいと思うようにわたしもガブをこの手に取り戻したい。あなたが、事実はどうであったにせよ、双子のお兄さんを取り戻したいと思われるその気持ちがイノセンスなものだと言うのなら、多分、わたしのガブに対する思いもそうなのでしょう」

チェイリー・リンはますます疲れた表情になっていた。その目はおれに向けられていたが、じつはおれを透かして、何かべつのものを見ているかのようだった。

やがて低い、非常に低い声で言った。「尖塔ビルは知ってるか」

「ええ」

「多分、多分だが……あなたのイヌは尖塔ビルにいると思うよ」

6

霧かと思った。が、霧ではなしに霧雨だった。夜半から降りだした雨がフロントガラスにけぶった。街のネオンが虚ろな思いのように滲んで揺れた。過ぎ去る追憶のように遠ざかっていった。

なにか思い出さなければならないことがあるような気がした。錯覚だということはわかっていた。おれには思い出さなければならないことなど何もない。虚ろな義体《サイボーグ》が虚ろにけぶる霧雨に虚ろな思いをかきたてられているだけのことなのだ。ただ、それだけのことなのだ。

尖塔（戦闘）ビルのまえの路肩に車をとめた。そして空を仰いだ。

はるか夜空の、濃さと深みを増しつつある闇のなかに、霧雨が白くかすれてたなびいていた。ときおり闇と霧雨を透かして閃光ワイヤが青い光を放った。その稲妻イルミネーションが霧雨に潤んで遠い。涙のように……

こうして真下から仰ぎ見ると尖塔（戦闘）ビルの非常に高層なのがひしひしと実感として感じられる。これではテロの標的にされても不思議はないだろう。かって無差別テロの標的にされて尖塔（戦闘）ビルでは数百人もの無辜《むこ》の市民が殺されている。

尖塔（戦闘）ビルに向かう。

霧雨のなかに人影が浮かぶ。

おれの行く手に立ちふさがった。

一瞬、緊張に体がこわばるのを感じた。反射的に手が動きそうになった。ソードオフを抜きそうになった。そこにいるのはあの小柄な男ではないかとそう思ったのだ。

アンドウと一緒にいながらその存在がいつしかおれの電脳からすり抜けるように消えてしまったあの男……

――ブリーダー。

あの夜も今夜のように雨が降っていた。同じように雨のなかに男のシルエットがけぶっていた。おそらく、そのことからあの男を連想したのにちがいない。

むろん、それはあの小柄な男ではなかった。あの男であるはずがなかった……

「やあ、あんたか」とその影が人なつっこい声をかけてきた。あのホームレスの老人だった。

「いずれ近いうちにまた会うことになりそうだと思っていたよ」

どうしてそこにその老人がいるのか、それについては疑問が生じないではなかったが、不思議に老人と再会したそのこと自体に驚きは覚えなかった。すべては偶然なのだとそう思うことにした。

「サンチョは元気でいるのかね」おれは尋ねた。

ああ、元気さ、元気でいるよ、と老人は頷いて、嬉しそうに笑う。その歯の抜けた口が巧まざる愛嬌をかもし出していた。「なにしろ、この雨だからね。濡れるとかわいそうだからホームに置いてきた」

「ホーム?」

「公園の地下道さ。そこにホームがある。快適とまでは言わないが、雨が降っても濡れることはない」

「それなのにどうしてあんただけが外を出歩いてるのか。あんたも乾いた地下道で雨を避けてればいいのに――」

「だって誰かが食料を調達して来なければならないじゃないか。二人して雨を避けてたんじゃ、あごが干あがっちまう」老人は笑ってビニール袋をかざした。袋のなかで食料が音をたてた。

「あんたは優しいな」そう言うのと同時に、ふと胸の底で何かが激しくうねるのを覚えた。そのうねりは悲しみに似て、しかし悲しみよりもさらに強い力で、おれを動かした。それまで自分でも思っていなかったことを衝動的に口走っていた。「教えてくれないか。どうしたらそんなふうに優しくなれるのだろう」

「どうしたら? さあ、どうだろう。これまでそんなふうに考えたことはなかった。だってわたしにはこれしかないからね。これしかないし、いまではもう、これ以外のものは何も欲しいとは思わないから……」

「………」

「あんたはどうなのかね。捜してたイヌは見つかったのかね」

多分、そのときのおれは哀しい目になっていたことだろう。老人の質問に即答することができずに、いや、とあいまいに首を横に振るのにとどめた。

が、それだけで老人はおよその事情を察したようだった。それでいいのさ、と言い、何度も頷いて、

「どうやら、あんたはあんたの妄想の巨人を見つけ出したようじゃないか。あんたの幻想の風車に出会うことができたようじゃないか」

「そうかもしれない。わからない」とおれは言い、老人の目を正面から覗き込んだ。そして、ソッと囁くような声で訊いた。「教えてくれないか。あんたは誰なんだ」

「何度たずねられても答えは同じさ。わたしはただの老いぼれのホームレスだ。それ以上でも以下でもないよ」

かすかに笑う。その笑い声がかすれて遠のいていった。風が吹いた。霧雨が流れた。老人の姿が影になってけぶる。気がついたときにはもうそこに老人の姿はなかった。

おれは老人の姿を求め、二歩、三歩とよろめくように歩いた。求めたところで老人の姿が見つかるはずもない。もうどこにもあの老人はいない。

——教えてくれないか。どうしたらそんなふうに優しくなれるのか……おれは胸のなかでそう問いかけていた。教えてくれ。おれはほんとうに巨人を見つけることができるのか。おれの風車に出会うことができるのか……

多分、その答えは尖塔（戦闘）ビルのなかにある。

7

外から見たのではわからない。が、なかに入ると、いかにテロの爆破力が凄まじいものであったか、それをまざまざと肌で実感することができる。爆心地《ゼロ・ポイント》の光景にはじつに想像を絶するものがある。

尖塔（戦闘）ビルのフロアは一階から七階まですべて崩落していた。仰ぎみると七階の天井をそのまま見ることができる。さらに七階の天井の一部も崩れ落ちていた。

その天井が全体にボウと赤い霧がかかったようになっている。思うに、バラバラになった犠牲者たちの体がそこに噴きあげられて天井に叩きつけられたのだろう。大量の血と内臓で赤い色に染まった。

一階の床にしても無傷というわけではない。床の一部にさしわたし二メートルほどの穴がポッカリ開いていた。穴はしだいに狭まりながら、地下二階、地下三階と煙突のように通じていた。爆風のエネルギーが一気に地下三階までを突き抜けた。地下水が溜まってゴボゴボとガスが泡だっていた。メタン臭が強烈ににおう。

多分、赤錆が溶けているのだろう。そう思いたい。水の色が真っ赤だ。まるで地獄の底を見るかのように……

壁もいたるところ崩れ落ちてその鉄骨を剝き出しにしている。無惨にねじれ曲がった鉄骨が苦悶のあともあらわにその痩せ細った体をさらしていた。

そこかしこに滝のように水が落ちていた。一筋の細い水もあればカーテンのように幅の広い水もあった。霧のようにたなびいてけぶった。瓦礫が積みあがった一階に、あるいは川のように流れ、あるいは池のように溜まっていた。不思議に水の音はしなかった。

どこかに屋根まで突き抜けた穴が開いていてでもいるのだろうか。大伽藍のようなビルのなかに稲妻イルミネーションの青い光が点滅していた。

尖塔（戦闘）ビルに入ったとたんにガブの存在が感じられた。ガブばかりではない。そこにはおびただしい数のイヌの気配があった。鳴き声が聞こえないのは薬物でも投入されているからなのか。

多分、八階から上のどこかにイヌたちは収容されているのだろう。尖塔（戦闘）ビルには誰も近寄ろうとはしない。考えてみれば多数のイヌを隠すのにこれほど適した場所もないだろう。どうしてこれまでそのことに気がつかなかったのか。いまになってみればむしろそのことが不思議なようなものだ。

そこで戦車がおれを待ちかまえていた。百二十ミリ砲と十二・七ミリ機関銃をおれに向けていた。

一〇一式・無砲塔型戦車……ステルス戦車だ。そのホログラムを見るまでもなく、それがあのブレスト・タンクであることは明らかだった。

「やっぱり、おまえがブリーダーか。そうじゃないかと思っていたぜ……」

おれは戦車に近づいていきながらそう自分自身につぶやいていた。

尖塔（戦闘）ビルに入るまえから何か予感めいたものがあったのかもしれない。そこで戦車を見てもべつだん驚きはしなかった。いや、多分、それは予感などという漠然としたものではなかったろう。

あの食えないチェイリー・リンが百パーセント、ブリーダーを裏切るような危険をおかすはずがないのだ。何しろブリーダーを敵にまわせば――ほとんど永遠にといっていいほどに――どこまでも命を狙われることになるのを覚悟しなければならない。チェイリー・リンがどんなに強大な力を持っていたところでそれは非常に消耗させられることにちがいない。それは避けたい。

そうならないためには事前に何らかの保証をかけておかなければならない。チェイリー・リンがそう考えるのは自然のことだ。そう考えなかったとしたら、むしろ、おれはチェイリー・リンに失望するだろう。

多分、おれが尖塔（戦闘）ビルに向かうために出ていくのと同時に、そのことをブリーダーに伝達したのにちがいない……チェイリー・リンにしてみれば、おれか、ブリーダー、どちらが斃《たお》れてくれても儲け物と思っているのにちがいない。両方ともに斃れてくれればこれほどめでたいことはない。

チェイリー・リンに信義などというものは期待してはならない。そんなものを気にかける人間は大陸マフィアのボスにのしあがることはできない。チャイナタウンの顔役になれるかどうかも怪しいものだ。

おれは戦車に向かいながらすでにソードオフを抜いていた。セーフティは解除されている。コッキング・レバーを引いて初弾を薬室《チェンバー》に送り込んでいた。

それでいながら無防備に裸身をさらしているような心細さを覚えていた。これまで、こんなにも自分のことを無力な存在に感じたことはない……

たしかにソードオフは人間を相手にするか、せいぜい車を相手にするときには、凄まじい破壊力を発揮する。が、戦車を相手にしたのでは水鉄砲ほどの威力も期待することはできない。重装甲戦車を破壊するにはせめて携帯式対戦車火器《パンツァー・ファースト》を必要とする。成形炸薬弾頭のロケット弾が欲しいところだ。

むろん、ここにはそんなものはない。あったところでおれには使えない。使ったことがない。

おれのために祈ってくれ。おれのために、素子のために、ガブのために……

8

ブレスト・タンクの機関銃がふいに咳き込んだ。何の前兆もなかった。いきなりの不意打ちだ。

機関銃弾が発射されるのと同時に視覚サイトが戦闘モードに切り替わる。弾道が赤い軌道を曳いておれに集中する。おれの体が反射的に動いていた。とっさに上半身をそらし、捻《ねじ》った。

何十発もの弾がおれの体を擦過した。その衝撃波が鞭のように体を打ちつづけた。衝撃波に打たれて体のそこかしこから血のように熱赤外線がしぶいた。

かすっただけでこれなのだ。機関銃弾の破壊力は冗談事ではない。それをまともに食らえば全身の神経系がズタズタに引き裂かれてしまう。義体といえども即死しかねない。

が、一発も被弾しなかった。幸いにも、というのは正確ではない。そこでは運があるかないかはいっさいかかわりがない。義体《サイボーグ》は弾道を視認してそれを避けることができるのだ。ただし戦闘モードに切り替わっていればの話であるが——

戦闘モードに切り替わるのと同時に擬似・電脳＝小脳部分が電気パルスを視覚サイトにダイレクトに発生させるようになる。フィードバック制御をショートカットさせて身体の運動制御系をぎりぎりまで絞り込んでやるのだ。

戦場がアフォーダンス化されて義体がそれに完璧に適応するといえばいいかもしれない。戦闘モードに切り替わった義体はもうコンマ何パーセントすらも人間である部分を残していない。超人的なまでのスピードを得ることができるわけなのだ。

もっとも戦闘モードに切り替わった義体《サイボーグ》を完璧な戦闘マシーンとする主張には欺瞞《ぎまん》がある。欺瞞というのが言い過ぎだというなら誇張と言い換えてもいい。戦闘モード・パフォーマンスは身体に過度の荷重をかける。いずれはどこかが毀れるか焼けちぎれることになる。それを回避するすべはない。

これまでの戦闘モードの最長レコードにしたところでわずかに五分程度にとどまるのだ。それ以上、戦闘モードを受容しようとすればジャンクになるのを覚悟せざるをえない。これで完璧な戦闘マシーンを標榜するのは誇大表示というものだろう。

要するに戦車を相手にして五分で決着をつけなければならないということだ。そんなことが可能か。可能であろうがなかろうがおれにはそれ以外に選択肢はない。そうする以外に生き残るすべはない。

戦闘モードに切り替えるのと同時に複数同時作動《マルチタスク》に切り替えたことは言うまでもない。あくまでも擬似的なものにすぎないがマルチタスクには未来予測機能が付加される。ある程度は敵の動きを予測することを可能にしてくれる。

もっとも戦車の圧倒的な破壊力をまえにしては未来予測もへったくれもない。すべてが気休めにすぎない、と言えばそれはそのとおりであるのだが――

弾道の焦熱が空気に熱赤外線の螺旋《らせん》を残しておれの胸をつづけざまに擦過する。何十発もの機関銃弾が機関車のように重い轟音を響かせて通過していった。おれはぎりぎり上半身をそらしながらソードオフを胸に固定させた。引き金を絞った。

もちろんソードオフのシェルが戦車の装甲に通用するなどと本気で思ったわけではない。小手調べと言おうか、相手がどう反応するのか、それを確認したかったた。

五発のシェルをすべて撃ちつくした。シェルには九粒の八・三八ミリ弾が入っている。それが宙に散布されて壮絶な火花を散らした。機関銃弾の何発かを弾いてその弾道を逸らした。弾幕のなかにいわばほころびをつくったとでも言えばいいだろうか。上半身を振り子のようにスイングさせる。その弾幕のほころびのなかにすっぽり体をおさめた。体勢をたてなおした。

そして戦車に向かって走った。歩兵が戦車に立ち向かうには接近戦に持ち込む以外にない。接近戦、あるいは肉弾戦というべきか。要するに玉砕を覚悟で戦車の死角に飛び込んでいく他はないのだ。走りながらソードオフにシェルを装塡した。

その瞬間――

ブレスト・タンクの百二十ミリ砲が火柱を放ったのだった。凄まじい砲声が鳴りわたった。その一発のみで人工《ヴァイト》培養の鼓膜が壊れてしまうのがわかった。砲弾は空気を焦熱して巨大な熱赤外線の渦を引き起こした。大気を二つに引き裂いてその渦が轟音とともに驀進《ばくしん》してきた。その渦の先端に槍の穂先のように砲弾が光っていた。

ソードオフを左手に飛ばした。それと入れ替わりのように右手に40《ヨンマル》ＳＷを出現させた。ソードオフは40ＳＷよりは破壊力に優れているが集弾性に劣る。弾を一点に集中させるには40ＳＷのほうがいい。

つづけざまに40ＳＷを撃った。鋼の激突音がヒステリックに重なって鳴り響いた。全弾を砲弾に集中させた。ひしゃげた弾がスプリンクラーのように弧をえがいて跳ね返される。砲弾がわずかに弾道をずらした。かろうじて、と言おうか。

砲弾がおれの体をかすめた。なにしろ機関銃弾とは圧倒的に質量を異にする。凄まじい衝撃波が牙を剝いて襲いかかってきた。おれの体は床に叩きつけられた。と同時に背後に閃光がひらめいた。灼けた大気を引き裂いて爆発音が炸裂した。

おれは床を転がった。その床が薄紙のようにうねっている。大小のコンクリート片が体のまわりに落ちてきた。ゴツゴツと音をたてて跳ね返る。視認する余裕はなかったが何か背後に壁のようなものが崩れ落ちる音が聞こえてきた。

一瞬、振り仰いだおれの目に遥か八階の天井に舞うおびただしい鳥の影が入ってきた。ハトが群れている。砲声に驚いてパニックに駆られたようだ。どうしてか尖塔（戦闘）ビルにハトが舞っているのがありうべからざることであるように思われた。ハトは平和の象徴ではなかったか。

が、そのときのおれはハトの群れを見るどころではなかったのだ。それどころではなかった。

9

砲撃の熱がビッグバンのように一点から急速にひろがった。まるで花が開花するのを超高速度撮影ででも見るかのようだ。花だとしたら大輪の赤いダリアだろうか。熱赤外線の同心円が濃淡にひだを重ねて一気にひろがったのだった。そして、おれの視覚サイトを直撃した。

おれは絶叫を振り絞った。視覚サイトが真っ白になってしまった。これほどの高熱にさらされたのでは赤外線・視覚サイトなどひとたまりもない。一瞬のうちに焼け切れてしまった。

　こうなれば視覚を通常モードに戻すしかない。人工鼓膜もすでに破壊されてしまっている。要するにいまのおれは視覚も聴覚も人間並みかそれ以下になってしまったということだ。もう戦車と戦うどころではない。

　おれは絶叫を放ちつづけた。それは多分悲鳴のように聞こえたことだろう。立ちあがって戦車と反対側に向かって走った。それもまた出口に向かってひたすら走っている姿のように見えたのではないか。

　戦車が動いた。エンジン音が高らかに噴きあがる。それはブリーダーの勝利の咆吼ででもあったろうか。そして、おれを追う。

　瓦礫の堆積《やま》も、流れる水も戦車には何ら障害にならない。軽々と踏み越え、あるいは押しつぶして、思いがけないスピードで突っ込んできた。

　とにかく速い。ブレスト・タンクは非常に機動性に優れている。人間などものの数ではない。残念ながら、そのことだけは認めてやらなければならないだろう。腹の底に響くエンジン音がすぐ背後にまで迫っていた。

　砲撃すればたやすくおれを粉砕することができるのにそれをしないのはネコがネズミをいたぶるような欲望を働かせているからではないか。お楽しみはこれからだ、というわけなのだろう。

おれは右に左に走った。戦車はおれの背後にピタリと食らいついてどこまでも迫ってくる。非常に速いし、小回りがきく。こいつを振り払うのは容易なことではない。

が、誤解しないで貰おうか。おれを見くびらないで貰いたい。

おれは悲鳴をあげていたわけではない。そうではなしに自分を鼓舞する雄叫びの声を放っていたのだ。おれは逃げていたわけではない。そうではなしに戦車をそこに誘い込んでいたのだ。そこ――床に穴が開いているところに。

おれは振り返りざま床めがけてソードオフを連射した。九粒の八・三八ミリ弾が容赦なく床を削った。弾痕を穿《うが》った。もうもうと硝煙が立ちのぼった。穴のまわりに罅《ひび》が走った。そこに戦車がのしかかってきた。

なにしろ四十トンもの重量だ。ひとたまりもなかった。戦車がぐらりと傾いた。床が剥落して穴が一気にひろがった。機関銃を連射した。墜落するまえにおれを仕留めておきたかったのだろう。が、そのときにはもう遅かった。床が抜けた。轟音とともに戦車は地階に落ちていった。

地階一階も戦車の重量を持ちこたえるのに十分ではなかった。ウエハースのように突き抜けた。壮烈な水しぶきをあげて地階二階まで墜落した。

が、さすがに戦車の装甲は半端なものではない。それぐらいのことで作動不良におちいるほどやわなものではなかった。やわなものではないといえばその搭乗員も戦車にまさるとも劣らないタフネスぶりだった。

いくら戦車の装甲に護られているからといってなにしろ二階分もの高さを落ちたのだ。その衝撃は相当なものであったはずだろう。並みの人間であれば気を失ったとしても不思議ではない。

それが気を失うどころか戦車を駆動させようと全力を振り絞っている。履帯《キャタピラ》を交互に前後転させていた。水しぶきが盛大に前後に跳ねあがっていた。多分、その調子ならすぐにも水溜まりから脱出することだろう。見あげた根性というべきか。

が、むろん、おれには搭乗者を誉めるつもりなどなかった。水溜まりから無事に脱出できるのを待つつもりもない。

ブリーダーは史上最強にして最悪のテロリストなのだ。しかもこの男にはどんな大義も理想もない。これまで数えきれないほどの爆破テロ、暗殺を繰り返し、何千人もの人間を殺している。そんな野郎を生かしておいてやる義理はない。そうじゃないか。

ソードオフにシェルを装填した。それが最後の一発だった。

穴の縁に立って地階二階の戦車ではなしに水たまりに向かって撃ち込んだ。撃ち込むのと同時に穴から飛びすさった。

穴にはメタンガスが充満している。そこに灼けたブレットを撃ち放ってやったのだ。凄まじい轟音とともに火柱が噴きあがった。めらめらと燃えあがった。

これでいい。炎は戦車を焼きつくし、そのなかのブリーダーを生きながら火葬に処するだろう。ブリーダーにはふさわしい死に方だ。そうではないか……

ふいに膝が萎えそうになった。その場にくずおれそうになる。瞼が重く垂れさがった。このまま、ここで眠り込んでしまいたい……という誘惑にかられる。何もかも忘れて眠り込んでしまえばどんなに楽なことか。おれにはその資格があるのではないか。

が、まだだ、と自分に言い聞かせる。まだ休むには早すぎる。尖塔（戦闘）ビルの上層階に捕われているイヌたちを解放してやらなければならない。ガブをこの手に取り戻して抱いてやらなければならない。それまでは休むわけにはいかない。

鉛のように重い足を引きずって歩いた。リフトに向かった。

10

九階にイヌたちが飼われていた。数えたわけではないが、多分、百匹以上ものイヌたちが集められていた。

ワン・フロアすべてを占めて何十ブロックもの飼育室に分かれていた。思いのほか清潔な飼育室だった。給餌、給水、掃除にいたるまですべて自動的に行われるように機械化されていた。中央にかなりの広さの運動場があり、時間によって、順次、飼育室のイヌたちがそこに放たれるようになっていた。いたれりつくせりというべきか。

ブリーダーが動物愛好の精神に目覚めたわけはない。イヌの情動を健全に保ってやらなければそれをガイノイドに組み込んでやることはできない、という計算を働かせてのことにちがいない。要するにブリーダーは何をやるにも徹底しているということだろう。それ以外に理由はない。

幾つめかの飼育室でガブが見つかった。ガブはおれを見てキョトンとした表情になった。それから、ああ、こいつか、と思い出したかのようにパタパタと尻尾を床に打ちつけた。

おれはガブに声をかけた。「よう、元気だったか」

感動的な再会シーンが展開されたというわけではない。おれは力強くガブを抱きしめてやったか。やらなかった。せめて頭でも撫でてやったか。それもしなかった。

おれにしてもガブにしても何ぶんにも感情をあらわにさらけ出すにはあまりにとうがたちすぎていた。キャラが違いすぎるというべきか。たがいに頷きあってそれで終わりだった。

「『巴吉度』を買ってあるぜ」ガブにそう言ったが、それがおれの最大限に好意のこもった再会の挨拶だったろう。

ガブはそれには、そうかい、そいつはいいね、というような表情を返した。気がなさそうに尻尾を振った。つまらなそうにアクビをした。

おれはガブを飼育室から連れ出した。ほかのイヌの保護は動物愛護協会《SPCA》に委ねることになるだろうが……ガブ一匹ぐらいはおれの一存で連れ出してもかまわないだろう。

ガブを連れてリフトに向かった。通路に出た。

そのときのことだ。尖塔の装飾ワイヤが青い閃光を放ったのだ。通路の窓を透かして稲妻イルミネーションが閃いた。その明かりがくっきり反対側の壁に影を落とした。

そこに人影が浮かんだ。稲妻イルミネーションの閃光がその人影に翼を与えたように見えた。天使のような翼を――

おれは呆然とせざるをえなかった。そこに立っていたのは――

「アンドウ……」

そう、彼なのだった。

壁に背中をつけて放心したようにおれのことを見つめていた。いや、見つめているとはいえないだろう。その目はおれに向けられてはいるがおれを見てはいない。おれが誰であるのか認識しているようではなかった。その顔にはただ虚ろな空白だけがあった。

――どうしてここにアンドウがいるのだろう。

自問したところで、おれにわかるべきことではないが……

多分、これもブリーダーが周到に張りめぐらした仕掛けの一つなのではないか。ブリーダーはつねに幾つもの作戦を同時進行させているのだという。そうであれば一度や二度の失敗で靼少年を暗殺する作戦をあきらめるわけがない。

靼少年に警戒されずに近づくにはどうすればいいか。それには靼少年が最も信頼し、会いたがってもいる人間を確保するのが最良な方法ではないだろうか……

ブリーダーの情報収集能力になにか超人的なところがあるといっていい。その能力をもってすれば何らかの手段で靼少年とアンドウとの関係を突きとめるのは難しいことではなかったはずなのだ。

ブリーダーにしてみれば、こうしてアンドウを確保しておくのは、当然、打っておくべき布石の一つであったろう。

「アンドウ……」

いま、こうしてアンドウに再会し、おれは自分がどれほど彼のことを好きかを、あらためて認識させられた思いがした。

——そう、おれはアンドウのことが好きなのだ……

アンドウにはなにか余人には替えがたい無垢《イノセンス》なところがある。そのことがおれの胸をうってやまない。

おれは狷介《けんかい》で容易に人とあい容れることがないが、多分、アンドウに対するこの思いだけは友情といってもいいものではないか。

おれはまた彼の名を呼んだ。「アンドウ……」

アンドウの表情が微妙に揺らいだ。その表情になにかが動いた。切ない孤独、渇きにも似た思い、はかない夢……

アンドウは虚空の一点を見るとはなしに見ていた。はるかに遠い憧憬に似た思いが彼の胸を去来しているかのようだった。そして、つぶやいた。

「ぼくは彼を殺してしまった……思い出を殺してしまった……殺してはならない人だった……殺してはならない思い出だった……」

むろん粗少年のことを言っているのだ。そうに決まっている。

アンドウは鞀少年の脳神経を破損してしまったことに深い罪悪感を覚えている。その罪悪感のあまりに深いことが彼をしてひとり放浪者の境遇におとしいれてしまった。

アンドウは無垢《イノセンス》にすぎる。多分、アンドウに罪があるとしたら、それはあまりにイノセンスにすぎたことではないか。それ以外にアンドウにはどんな罪もない。

「わかったよ」おれは頷いて言った。「いま鞀少年に連絡する。きみたちはいますぐにも会うべきだ。そうしたほうがいい」

「鞀……」

「そう、鞀だ。きみたちはいますぐに会うべきだよ」

「鞀……」

「ああ」

おれは頷いて電脳の通信サイトにアクセスしようとした。鞀少年に連絡を入れようとしたのだ。

が、戦車と戦ったときの電脳の不調がいまだにつづいていたようだ。通信サイトを開いたつもりが短期記憶メモリにアクセスしてしまったらしい。たいして重要ではない削除すべきだった記憶が立ちあがってしまった。

――何だ。あの野郎は。妙な野郎じゃないか。

――何のことだ。

——だから車の野郎のことさ。ちいさな男のことだよ。
——ああ、あいつのことか。あいつのことなら何でもないんだ。

トグサとおれとの会話だ。トグサはあのとき修理工場からおれの車を運んできた。そして、多分、車のメモリを覗いてみたのだろう。そして妙な野郎を見た。ちいさな男のことを見たのだ。

おれは小柄な男のことをブリーダーではないかと疑っていた。あるいはそもそも小柄な男など存在していなかったのではないかとも思っていた。ブリーダーが何らかの方法でおれの電脳に干渉して、いもしない人間をいるかのように幻視させたのではなかったか……が、そうではなかった。そんなはずがない。トグサは現に車の映像メモリにちいさな男を見ているのだ。小柄な男はまぎれもなしにそこに存在した。するとそこにいなかったのは誰なのか。

アンドウは体格のいい男だ。誰がどう見てもちいさな男には見えないだろう。トグサは映像メモリのなかにアンドウの姿を見てはいない。

あの雨の夜、ブリーダーがおれの電脳に干渉して、いもしない人間を幻視させたのは間違いない。いもしない人間……それはアンドウのことではなかったのか。

靼少年はたしかにアンドウとの思い出をおれに話した。が、靼少年は、おれの電脳を介して、アンドウの姿を見、アンドウの声を聞いているのだ。あのアンドウはいわばあらかじめ加工されているデータではないか。そうであれば韃少年は、おれの電脳にアクセスし、検索したアンドウを――無意識のうちに――自分の記憶そのままのアンドウに変換してしまったのではないだろうか。

こいつはアンドウではない。おれはそのことに気がついて愕然とした。じつは、おれはアンドウなどという男に一度も会っていないのだ。多分、これこそが韃少年を暗殺するために、ブリーダーが事前に仕込んでおいた最終的な罠であったにちがいない。厳重なセキュリティ下にある韃少年であってもアンドウにだけは会う。そのことを見込んで入念に布石を打っておいた。

アンドウでないとしたらこいつは何者なのか。こいつは――

「そうさ」背後からひっそりと溜息をつくような声が聞こえてきた。「おれがブリーダーなのさ」

おれは首筋にヒヤリと冷たい鋼の感触を覚えた。多分、三十八口径だろう。その銃口が押しつけられるのを感じた。こうなればもう観念せざるをえない。弾丸がおれの延髄を断ち切る感触さえまざまざと感じ取っていたのだった。

が、次の瞬間、ブリーダーはもちろん、おれにとっても意外だったことに、ガブが猛烈に吠えついて、ブリーダーに飛びかかってきたのだ。

一瞬、銃口がおれの首筋から逸れた。おれは肘を後ろに突きあげた。それはブリーダーのあごを直撃したはずだ。うっ、という呻き声が聞こえてきた。

と同時に身をひるがえし、40《ヨンマル》SWを引き抜いた。狙いをさだめている余裕などあろうはずがない。とにかく撃った。

ブリーダーが悲鳴をあげた。被弾したのだろうか。後方に吹っ飛んだ。窓ガラスを突き破った。

一瞬、その姿が霧雨のなかに浮かんだかのように見えた。また稲妻イルミネーションが閃いた。天使が翼をひろげて浮かんでいるかのように見えた。が、次の瞬間にはもう消えていた。永遠に……

ブリーダーはほんとうに天使だったのではないか。あとになっておれはそう思うことになる。なぜならブリーダーの死体はついに発見されることがなかったのだから……天使だとしたら、多分、堕天使だったのだろう。

が、あのときのおれは喪失感に打ちひしがれてそれどころではなかった。

多分、あのとき、おれはむせび泣いていたのだろうと思う。ただひたすら子供のように泣いていた。

失われた友情のために、失われた友のために……

「アンドウ」

エピローグ

それから三日後のことだ。

その日もおれはスーパーマーケットに『巴吉度』を買いに出た。このところ一日おきに『巴吉度』を買いに出ている。すでに日課のようになっているといっていい。が、この日は非常に変わったことが起こった。あまりに思いがけないことが起こったといっていい。

偶然に、と言うべきだろうか。駐車場に出たときにあのちいさな男に出会ったのだった。ホームレスには違いないが、わりとこざっぱりとした身なりをしていた。駐車場で空き瓶を回収していた。

——この男は実在したのか……

むろん実在しないわけがない。そんなわけはないのだが、それでもおれはその男のことをじっと見つめずにはいられなかった。相手にとっては迷惑な話だろうが、なにか非常にめずらしい生き物に出くわしたかのように感じていた。

さすがに男のほうもおれの視線には気がついたようだ。なにしろ、まじまじ穴が開くほど凝視しつづけたのだ。気がつかないほうがおかしい。見も知らぬ人間に凝視されるのが愉快な体験であるはずがない。男はどこかに立ち去ろうとした。

おれは急いで男のことを呼びとめた。このまま別れるわけにはいかない。男には聞きたいことがある。丁重に声をかけたつもりだったが、それでも男は逃げ腰になった。

「スーパーの許可は貰ってるよ。なにも無断でビンを集めてるわけじゃない」男はオドオドとした声で言った。

「そうじゃない。そんなことじゃあない。気分を害したんだとしたら申し訳なかった。悪かったな。そんなつもりはなかった。ちょっと聞きたいことがあっただけなんだ」

「聞きたいこと……」

「ああ」と頷き、ふと思いついて、そのビンを何本か売ってくれないか、と言い、なにがしかのカネを渡した。

大した額ではなかったが、それでも男はそのことに驚いたようだ。「こんなに……」

「驚かしたお詫びだ。頼むから受け取っておいてくれ」おれはそう言い、本題を切り出した。

あの雨の夜、男の言った言葉が、いまもおれの電脳にこびりついている。その言葉が忘れられない。あれは何だったのか。

――まだだ、アクセスするな……

思い出してくれないか。あれはどういう意味だったのだろう。おれは男に尋ねた。何にアクセスするなと言ったのか。

男はおれの質問にキョトンとした表情になったが、すぐに自分が何を言ったのか思い出したらしく、ああ、と頷いた。男は非常に記憶力がよかった。

「それはあんたの聞き違いだよ。おれはそんなことは言わなかった。おれは――まだ、あくせくするな、と自分に言いきかせたんだよ。雨じゃ、急いで車を洗ってもチップにありつけないと思ったもんだからね」

男はそう言い、ポカンとしているおれに、これでいいかい、と確認した。そして、おれの返事を待たずにそそくさと駐車場から立ち去っていった。空き瓶を何本か抱いて、あっけにとられているおれを残して……

おれはしばらくその場に茫然と立ちすくんでいた。あまりのことに自分に愛想づかしをしていいのか、それとも笑っていいのか判断に迷った。が――

結局は笑うことにした。笑うほかはないではないか。おれはクスクスと笑い出した。笑いはいつまでもとまろうとはしなかった。そのまま笑いつづけた。

が、おれの職業ではいつまでも笑いつづけるなどということは許されない。そのときにトグサから連絡が入ってきたのだ。

――ガイノイドが所有者を殺して、さらに警官二名を殺した。これでとうとう八件目だ。九課の事件になった……

通話を切ったときには、おれはもう笑っていなかった。笑いを忘れた。そのますぐに現場に直行することにした。

これでとりあえずこの物語は終わることになる。これからはまた違う話が始まる。

新しい物語が始まることになる……

……おれは夢のなかで、夢から覚めればすぐに消えてしまうはずの息子と一緒に公園を歩いていた。多分、ガブも一緒だったと思うがはっきりとはしない。

秋だったろうか。それとも春だったか……それすらはっきりしない。ペーブメントに舞っていたのは落ち葉だったろうか花びらだったのか。

おれは夢のなかで夢から覚めればすぐに消えてしまうはずの息子に友達のことを話していた。正確には友達になれたかもしれない、しかし結局は友達にはなれなかった男のことを話していた。

息子にそんなことを話すのはおかしい、不自然だとそう言うのか？　多分、そうかもしれないが――しかし夢のなかでは、夢から覚めれば消えてしまうはずの息子だからこそ、友達のことを話すのはとても自然なことであるように感じられたのだ。

「おれがいまでも心残りに思うのはとうとうその友達に別れの言葉を告げることができなかったそのことだ。さよならを言うことができなかったことなのだ……」おれはそう話をしめくくった。

それからしばらく、おれたちは無言のまま、ひっそりと歩いた。やがて――

「その人は実在しなかったかもしれないけど、お父さんがその人に向けた思いは実際に存在したんだと思う。だってどんなことがあっても思いだけは絶対に消えることはないんだから――」

夢のなかで、夢から覚めればすぐに消えてしまうはずの息子はそう言ったのだ。そして、おれの手をギュッと強く握りしめた。

多分、息子の言ったことは真実なのだろうとそう思う。そう信じたい。なぜなら、息子のその手の温もりだけは、目が覚めたあともおれの手のひらからいつまでも消えようとはしなかったのだから……

《END》

あとがき

何ということでしょう。いつのまにか、ぼくも三十年選手になりました。なにしろ三十年というのは途方もなく長い年月です。その年月をまがりなりにも駆け抜けてきた。そうは言っても、なにも自慢しているわけではない。ヤバイ、と言っているのです。

自分で言うのも何ですが、ぼくは作家としての成熟を拒否するような生き方をしてきました。ＳＦにしろ、本格ミステリーにしろ、なにより若々しい才能を必要とするジャンルであって、年齢が進むにつれて、何かが欠け落ちていくのは否《いな》めません。そのことに抗おうとはしなかった。

それを補うのが、年輪につちかわれた深い洞察であり、人生観であり、さらに言えば巧みな小説技法でもあるわけなのでしょう。残念ながら、と言いますか、ぼくにはそもそも人生を洞察する力に欠けていますし、とうとう人様にお話しすることができるような人生観を得ることもできませんでした。すいも甘いも嚙みわけた大人になることもできなかったし、かといって少年の魂を持った大人（って何だ？）にもなることもできなかった。たんに、ぼくは歳をとって毀《こわ》れただけであり、腰痛と、膝の痛みを得ただけなのでした。

ヤバイ、といったのはここのところで、ぼくはジャンル小説に必要な若さを失い、それを補塡《ほてん》するものも得られずに、裸のままで荒涼とした小説の大地に向き合うことになったのでした。小説技巧を磨くどころか、歳をとればとるほど小説というものがわからなくなって、途方にくれるばかりという有り様なのです。何しろヤバイ。それでも若いころに何冊かベストセラーでも出していれば、それなりに業界も遇してくれるのでしょうが、幸か不幸か——というか不幸に決まっているのですが——、ぼくにはそうした華々しい経験もありませんでした。

——これから誰からも期待されないまま、のたうちながら小説を書きつづけていかなければならないのか。

もっとも、ある意味ではそれは粋《いき》な老後というべきかもしれません。アリとキリギリスの教訓を思い出し、ここは一つ、キリギリスの境遇に甘んじようではありませんか。

フンだ。いつか冬が来るのは知ってたさ。何のこれしき、望むところじゃないか……。瘦《や》せ我慢こそが売れない作家の何よりの美徳かもしれません。

それはそうではあるのですが、そこに何かこう一点突破というか、新たな老後のナビゲーションのようなものが欲しい。何でもいい、若いころの情熱のようなものを取り返すようなチャンスが欲しい……そう考えていたぼくに「アニメージュ」の大野さんが『イノセンス』の企画を持ってきてくれたのでした。

『イノセンス』であれば、いつしか照れから書けなくなっていたハードボイルドの文体にふたたびチャレンジすることができるかもしれない。ぼくは喜んで『イノセンス』を書かせていただくことにしました。自分としてはこの試みが成功であってくれれば、と祈るばかりなのですが……読者の皆様に喜んでいただければ幸いです。

それにもう一つ——『イノセンス』を書かせていただく動機の一つに押井守さんに対する敬意の念が働いていたようにも思います。「世界の押井」に対してこんなことを言うのは口はばったいことではありますが、ぼくは同じ一人の創作者として、同時代を生きてきた押井さんに対して敬意と——押井さんには鼻で笑われるかもしれませんが——友情の念を抱いています。

歳をとった数少ない効用の一つに、若いころであれば絶対に言えなかったこうした気恥ずかしい台詞を、照れずに言えるようになったということがあるかもしれません。

山田正紀

『イノセンス　After The Long Goodbye』に寄せて――

映画『イノセンス』監督　押井　守

手元の資料（角川書店版『神狩り』所収の矢野徹氏による解説）によれば、山田さんのデビュー作『神狩り』は、一九七四年「ＳＦマガジン」七月号に掲載され、同年度の星雲賞を受賞、その翌一九七五年に早川書房から単行本として発表――とある。

僕が手にしたのは、この早川書房版の単行本だった。

衝撃だった。

どのくらい衝撃的であったかは、現在に至るも多くの人々が語りつづけているし、僕ごときがここに改めて付け加えるまでもない。まだ読んでいない、などという奇跡のような特権を持つ方がいるなら、本書と併せて速攻でお買い上げ戴く事を絶対的にお勧めする。

話を戻して――作品そのものの持つ衝迫力は無論なのだが、それ以上に衝撃的だったのは、『神狩り』の作者が自分とほぼ同年代の青年だという事実だった。

当時の僕はと言えば――在籍していた大学を落第し、卒業してゆく同期生たちを横目で見ながら、昼はアルバイトかパチンコ、夜は場末の小屋で特選三本立ての典型的ダメ映画青年の日常を漫然と送りつつ、一方で高校時代の友人たちと同人誌の発刊を模索したり、キャンパスの野良犬に食事を運んだり、市民合唱団に潜り込んでバッハのカンタータを歌ったり、映画制作のための体力養成と称して就寝前に腕立て伏せ二百回を励行したり——まあ、いま思えば信じられないような大活躍を演じながら、しかし主観的には将来に何の希望も抱けない、暗澹《あんたん》たる日々を送っていた。

山田正紀は天才だ、と僕の友人たちは語り、奴には適《かな》わないと誰もが溜め息を漏らした。誰にも言わなかったが、僕もそう思った。

山田正紀だけには、生涯かけても追いつけないに違いない——。

何を隠そう（というほどのことでもないのだが）、映画監督を目指す一方で、ＳＦ作家として彗星《すいせい》の如きデビューを飾るという、中学生以来の密かな野望はこうして潰《つい》え去ったのだった。

もはやオレには映画しかない。

映画だってダメかもしれない、とは不思議なことに全く考えなかった。

それから三十年。

僕はアニメの監督になっていた。

『イノセンス』の制作が終盤に突入した頃、大作の常としてノヴェライズの企画が持ち上がり、徳間書店の編集部から執筆者の打診があった。往生際の悪い僕は、実は小説を諦めておらず、監督特権を振りかざしてその時までに三冊のノヴェライズを書いた経験があり、このときも自分で書くつもりで待ち構えていた。どんな作家の名前を出されたって、ゴネまくって最後は必ず自分で書いてやる、と思っていた。

山田正紀という名前が出た。

実はもう内諾も得ていまして——と、小太りの編集者はニヤリと会心の笑みを浮かべた。

吃驚《びっくり》した。

それが本当なら、それはもう一も二も三もなく、是非にも。

作戦も策謀も一瞬で吹き飛び、ただの山田正紀ファンに変貌していた。

誌上連載の期間は読まずに耐えた。

そして単行本として完成したノヴェライズ版、というより山田正紀版の『イノセンス After The Long Goodbye』を、僕は一読者として充分に楽しんだ。いや、自分の監督した映画作品を、自分のもっとも敬愛する作家がノヴェライズするという貴重な体験を、充分に堪能させて戴いた、というべきだろう。

だからこそ、この小説について何かを語ることができない。

けれども敢えてひとつだけ——冒頭に掲げられた「ロバート・アルトマンに捧ぐ」という献辞について触れておきたい。

僕も山田さんも、アルトマンの映画『ロング・グッドバイ』が好きだ。

映画『イノセンス』は実は僕なりに『ロング・グッドバイ』をパラフレーズしたものだったし、山田さんの小説もまたそうであるに違いない。二つの『ロング・グッドバイ』は、もちろん編成もアレンジも異なるけれども、同じ旋律を奏でることもある。

その旋律とは人間の抱えた喪失感――けっして取り返すことのできない、ある欠落の感情ではないだろうか。

年月を経て胸に刻みこまれたものではない。

始めからそこにあった――そういう感情なのだ。

そして、それは山田正紀という作家に感じる強烈なシンパシーの由来でもある。

三十年の歳月を経て、それを確かめることができた、そのことの微《かす》かな幸せを感じる。

山田さん、ありがとう。

押井守【おしい・まもる】
映画監督。一九五一年東京生まれ。一九七七年にアニメスタジオのタツノコ・プロダクションに入社。スタジオぴえろを経てフリーに。『うる星やつら2 ビューティフル・ドリーマー』『機動警察パトレイバー』『GHOST IN THE SHELL 攻殻機動隊』などのアニメ作品のほか、実写映画も手掛ける。二〇〇四年三月、アニメ監督作『イノセンス』劇場公開。

イノセンス　After The Long Goodbye

本書は『アニメージュ』2003年10月号〜2004年2月号に連載されたテキストを大幅に加筆修正、2004年3月に刊行された単行本を文庫化したものです。

イノセンス *After The Long Goodbye*

2005年9月30日　初刷

著　者　山田正紀
発行者　松下武義
発行所　株式会社　徳間書店
〒105-8055　東京都港区芝大門2・2・1
電　話　03(5403)4343（編集）
　　　　03(5403)4324（販売）
振　替　00140/0/44392

印刷・製本　株式会社廣済堂
カバー・口絵　半七写真印刷工業株式会社
デザイン　岩郷重力＋WONDER WORKZ。
　　　　　海老原秀幸
編集担当　大野修一・渡辺季子（協力/木野幸男）

ISBN4-19-905154-6